AF305586

FONS PHILOSOPHIE

POÈME INÉDIT DU XIIᵉ SIÈCLE

PUBLIÉ ET ANNOTÉ

Par M. A. CHARMA

DOYEN DE LA FACULTÉ DES LETTRES DE CAEN

CAEN

TYP. DE F. LE BLANC-HARDEL, LIBRAIRE

RUE FROIDE, 2

—

1868

FONS PHILOSOPHIE

POÈME INÉDIT DU XIIᵉ SIÈCLE

PUBLIÉ ET ANNOTÉ

PAR M. A. CHARMA

DOYEN DE LA FACULTÉ DES LETTRES DE CAEN

CAEN

TYP. DE F. LE BLANC-HARDEL, LIBRAIRE

RUE FROIDE, 2

1868

A MONSIEUR ADRIEN DE LONGPÉRIER,

MEMBRE DE L'INSTITUT DE FRANCE, ETC., ETC., ETC.

Hommage de reconnaissance et de respect.

Le Doyen de la Faculté des Lettres de Caen,

A. CHARMA.

Caen, 10 avril 1868.

FONS PHILOSOPHIE

POÈME INÉDIT DU XIIe SIÈCLE.

Lorsqu'après quelques siècles d'un injuste dédain pour la culture scientifique et littéraire du moyen-âge, la critique moderne, se ravisant enfin, a voulu juger en connaissance de cause cette phase si peu connue des développements de l'esprit humain, il nous est arrivé ce qui, dans des circonstances analogues, ne nous arrive que trop souvent : à peine avions-nous soulevé un coin du voile dont jusque-là cette mystérieuse civilisation s'était enveloppée, que déjà nous nous flattions d'en avoir saisi les véritables caractères, d'en avoir pénétré les plus impénétrables secrets. Nous en avons aussitôt, avec une légèreté dont, à ce qu'il semble, nous ne guérirons jamais, établi les origines, mesuré la carrière, suivi la marche et compté les pas ; puis, comme il est convenu, sur la parole d'un homme de génie, que plus notre savoir est ferme et sûr de lui-même, plus il nous est loisible d'en serrer l'expression (1), nous avons, avec quelques formules compréhensives, ayant du moins la prétention de l'être, écrit une histoire de fantaisie qui, selon moi, sur presque tous les points, est à recommencer.

Pour m'en tenir, afin de justifier ce que j'avance, à l'une des classes de faits sur laquelle, à coup sûr, quelle que soit même là mon insuffisance, j'ai quelque raison de me croire mieux renseigné et moins incompétent, puis-je admettre que nous soyons, à l'heure qu'il est, grâce aux travaux, très-remarquables d'ailleurs, de MM. Charles de Rémusat, Hauréau, Rousselot, Saint-René-Taillandier et de plusieurs autres encore, en possession de tous les documents nécessaires pour formuler et coordonner les lois qui ont, à cette époque, présidé au mouvement philosophique de l'Europe occidentale ? Nous est-il vraiment démontré, comme était presque parvenu à nous le persuader l'homme éminent dont notre littérature française ne saurait trop déplorer la perte, que la scholastique tout entière soit sortie d'une phrase

(1) N'est-ce pas de Tacite que Montesquieu a dit : *Il abrège tout, parce qu'il comprend tout ?*

de Porphyre mise en latin par Boëce (1) ? C'est là, comme aurait pu le dire V. Cousin lui-même, qui était loin d'approuver ces procédés germaniques, construire hypothétiquement et prématurément, avec quelques idées préconçues, une philosophie dont il faut, avant de songer à en refaire l'ensemble, soigneusement reconnaître et patiemment recueillir les pièces diverses qui doivent y entrer.

Résignons-nous donc, quoi qu'il en puisse coûter, dans notre siècle peut-être plus que jamais, à notre besoin d'arriver vite, résignons-nous à continuer, pour ce qui concerne le moyen-âge et tout ce qui s'y rattache, les études partielles, les minutieuses recherches d'où plus tard sortiront d'elles-mêmes non plus de vagues et creuses généralités, mais de riches et légitimes inductions. Autant, comme dit l'École, aura valu notre analyse, autant notre synthèse vaudra.

Que ces considérations, qui m'ont déterminé à entreprendre ce travail, me servent d'excuse auprès de mes lecteurs et qu'elles m'obtiennent pour quelques instants, qu'ils pourraient mieux placer sans doute, leur bienveillante attention.

---

(1) V. Cousin, *Ouvrages inédits d'Abélard*, in-4°. Paris, 1836. Introduction, p. LVI.

Je viens mettre en lumière, autant qu'il sera en moi, un poème bien peu connu, attribué à un poète bien moins connu encore : la *Fontaine de philosophie*, *Fons philosophie*, du chanoine Godefroi.

Disons d'abord ce que nous savons du livre ; nous dirons ensuite ce que nous croyons savoir de l'auteur.

La Bibliothèque impériale possède, sous le nº 912, fonds St-Victor, un manuscrit qui, dans la bibliothèque de l'abbaye d'où il provient, portait le nº 1,198. Il est à peu près de la grandeur de nos in-8º ordinaires. Sa reliure se compose d'une feuille en bois revêtue de parchemin en dessus et en dessous de toile. On remarque sur la couverture deux trous que traversait la chaîne qui s'attachait au pupitre où il fallait venir le feuilleter. On y voit, de plus, une lame oblongue de fer que recouvrait une bande de parchemin sur laquelle était inscrit le titre du livre, lequel était protégé, contre les atteintes qui auraient pu l'endommager, par une plaque de corne transparente dont un fragment subsiste encore (1). A ces précautions prises pour prévenir le détour-

(1) La note d'après laquelle j'écrivais ces détails en 1867 avait été relevée, il y a bien vingt ans. J'ai revu le ms. le 30 avril 1867 ; ce fragment de corne a disparu.

nement du volume et le conserver intact, on en
avait ajouté deux autres. Au bas du folio 2 verso,
un dessin grossier à la plume représente un
écusson du centre duquel rayonnent, dans tous
les sens, huit tiges dont chacune est surmontée
d'une fleur de lis ; au pied de l'écusson, en partie
à droite, en partie à gauche, se lisent ces mots :
JHS. MA. S. VICTOR. S. AUGUSTINUS : *Jésus, Marie,
Saint Victor, Saint Augustin.* Les folios 2 et 61
portent en outre, chacun au recto, la malédic-
tion, très-sérieuse alors, dont on menaçait celui
à qui viendrait la mauvaise pensée de gâter le
livre, de le cacher ou de le dérober :

> Iste liber est Sancti Victoris Parisiensis.
> Quicumque eum furatus fuerit vel celaverit,
> Vel titulum istum deleverit, anathema sit ! Amen.

Le manuscrit, qui ne comprend plus aujour-
d'hui que 61 feuillets, mais qui, à l'origine, en
comptait certainement davantage, s'ouvre par
quelques détails biographiques, relatifs à l'auteur ;
nous les négligerons pour le moment, nous ré-
servant de les utiliser bientôt. Pour nous en-
fermer d'abord dans ce qui tient au poème, nous
signalerons au folio 1er verso une Épitre adressée
à Étienne, abbé de Ste-Geneviève, homme aussi

riche en science qu'en vertu, au jugement duquel , selon les habitudes du temps (1), le poète
soumet son œuvre, lui donnant pleinement sur
elle le droit de vie et de mort (2).

Le poème , d'après ce même document, com-
prendrait cinq parties distinctes ; mais le copiste
l'a divisé en quatre livres, et l'on peut, sans in-
convénient , adopter sa division (3).

De ces quatre livres, le second, le troisième,
le quatrième et toute une moitié du premier con-
tiennent , sous la rubrique générale d'*Anathomia
corporis Domini* , une description mystique et
symbolique des différents membres du corps de
J.-C. ; nous ne nous en occuperons pas , assez
disposé que nous sommes à penser qu'ils formaient
un ouvrage à part, n'ayant rien de commun avec
celui auquel le titre de *Fons philosophie* était

(1) Voyez ma *Biographie de saint Anselme,* 2ᵉ partie, § III, et les
notes 47 et 49 qui correspondent au texte.

(2) « Domino S. (Oudin, *De Scriptoribus Ecclesiæ antiquis,* t. II.
col. 1,566, écrit *Stephano* en toutes lettres), montis Sancte Genovefe
abbati, viro tocius virtutis et sciencie gratiis insigni G. quidam pauper
Christi [servus] summum bonum. Calicem plenum mixto [liquore] vestre
destinavi, Pater, eruditionis examinandum judicio, quatinus utrumque sit in manibus vestris ejus videlicet vel status, vel eversio... »

(3) C'est ce qu'ont fait Oudin, l. l., et l'auteur (D. Brial) d'une notice, pleine d'incertitudes, sur notre écrivain, notice qu'on trouvera
dans l'*Histoire littéraire de la France,* t. XV. p. 69 et suiv.

spécialement assigné : c'est à l'examen de ce dernier qui, débutant avec le volume et se terminant au folio 13 verso, traite expressément des matières auxquelles s'appliquait alors l'enseignement philosophique, que nous avons cru devoir nous en tenir (1).

Le poème, à partir du point où nous le prenons jusqu'à celui où pour nous il s'arrête, se compose de 209 strophes de quatre vers chacune ; ces quatre vers sont monorimes ; la désinence qui leur est commune n'est écrite qu'une fois à l'extrémité des quatre vers qu'elle complète et à chacun desquels une courte ligne droite la relie.

Cette désinence ne comprend jamais trois syllabes : ce qui eût créé pour le versificateur d'insurmontables difficultés ; elle n'est qu'exceptionnellement d'une syllabe (deux strophes seulement, la 180e et la 196e, nous la présentent ainsi réduite) : ce qui eût rendu la tâche trop facile ; elle est et devait être de deux syllabes : ce qui suffisait à l'écrivain pour établir sa puissance artistique, sans lui imposer un travail qu'il lui

____

(1) La Bibliothèque impériale possède encore, sous le n° 420, fonds St-Victor, du folio 256 r° au folio 269 v°, une copie du *Fons philosophie* : mais elle est du XVIIe siècle et je n'y ai malheureusement, en la collationnant avec le plus grand soin, rien trouvé qui pût m'aider à rectifier quelques passages probablement fautifs du ms. 912.

eût été impossible de mener à bonne fin. Cette loi à laquelle notre auteur se soumet, nous la trouvons observée dans une foule de compositions latines et même françaises à l'époque où nous nous reportons (1).

Une autre loi que notre poète s'impose encore et qu'il ne viole jamais, c'est de donner treize syllabes à son vers et de le couper en deux hémistiches dont le premier se termine invariablement avec la sixième syllabe.

L'élision n'existe pas pour lui : chaque syllabe compte, quelles que soient sa lettre finale et la lettre initiale de la syllabe qui suit. Mais le choc de deux voyelles est évité avec soin et ne blesse que rarement l'oreille. Notre poète en est, sous ce rapport, où en était Malherbe quatre siècles plus tard (2).

Telle est la forme qu'affecte la *Fontaine de philosophie* ; voici maintenant, en substance, quel en est le fond.

____

(1) Voyez, pour la langue latine, Édélestand Du Méril, *Poésies populaires latines antérieures au XIIe siècle*, p. 217, 411, 414, 415 ; Th. Wrigth, *The latin poems commonly attributed to Walter Maps*, p. 1 et passim ; P. E. D. Riant, *Haymoni monachi Accone* etc.; — pour la langue française, A. Jubinal, *Jongleurs et Trouvères*, p. 26, 52, etc.

(2) Voyez les *hiatus* qu'il se permet encore dans l'*Ode à M. de La Garde*, stances 1 et 11, et dans *Les larmes de saint Pierre*, stance 23.

L'astre du jour se lève. Le poète éveillé se signe ; prêt à entreprendre un voyage qu'il craint de ne pouvoir, réduit à ses seules lumières, heureusement accomplir, il invoque l'Esprit-Saint qui, touché de sa prière, veut bien lui venir en aide. Fort de cet appui, il part. La route est longue, le chemin difficile, le soleil brûlant. Une soif ardente s'allume dans ses veines. Mais les sites pleins de fraîcheur et d'ombre qu'il aperçoit dans le lointain, mais le doux murmure des ruisseaux qui vient jusqu'à son oreille, soutiennent son courage. Arrivé au pied d'une montagne qu'il doit gravir, il rencontre une source d'où sortent sept courants que forment les sept arts mécaniques (1), et qui tous roulent une eau fangeuse où le peuple sans culture contracte, en s'en abreuvant, d'incurables maladies ; déjà notre pélerin se penchait, pour s'y désaltérer, vers l'onde empoisonnée ; son divin guide l'arrête et lui montre, à quelque distance, une autre source, où il pourra sans péril étancher sa soif. De cette source à l'eau vive et pure sortent sept fleuves qui figurent les sept arts libéraux ; ils se partagent en deux grands bras qui représentent, l'un, les trois arts dont la matière première est le langage, *Eloquentia.*

---

(1) Voyez *infra* la strophe 6 et la note qui l'explique.

c'est-à-dire la Grammaire, la Dialectique et la Rhétorique ou le *Trivium*; l'autre, les quatre arts dont se compose la philosophie proprement dite, *Sapientia*, c'est-à-dire l'Arithmétique, la Musique, la Géométrie et l'Astronomie ou le *Quadrivium*.

Viennent ici, sur chacun de ces sept arts et sur les maîtres tant anciens que modernes qui les ont enseignés avec plus ou moins de succès, de précieux détails, dont quelques-uns, ceux en particulier qui ont trait aux doctrines professées par les contemporains de l'auteur, tels que Gilbert de la Porrée, Albéric de Paris, Robert de Melun, Adam du Petit-Pont, nous offrent, pour l'histoire du *Trivium*, des renseignements qui ne sont pas sans importance et qu'on chercherait vainement ailleurs (1).

Ces études toutes spéculatives nous conduisent à celles qui, toutes pratiques, se chargent de donner une règle à la vie, c'est-à-dire d'abord aux sciences morales : Éthique, Économique, Politique, et ensuite à celle à laquelle les autres nous préparent et qui en est le couronnement, à

(1) Voyez l'*Histoire de la France littéraire*, t. XV, p. 80. — Duboulay aurait pu, dans son *Historia Universitatis Parisiensis*, si érudite d'ailleurs, tirer parti de notre poème ; mais il lui était inconnu. Voyez le t. II, où il est longuement question des écrivains de l'époque à laquelle appartient Godefroi.

la philosophie suprème, *ad summam philosophiam*. c'est-à-dire à la théologie (1). Le reste du livre , jusqu'à la strophe à laquelle nous nous arrêtons, lui est exclusivement consacré. On nous y expose en quelque sorte le programme développé de l'enseignement théologique , tel que l'entendaient les Écoles du temps.

Ce poème , quel que soit l'auteur auquel on doive l'attribuer , n'était pas le seul ouvrage qui partît de la même main. Nous sommes fondé à lui rapporter encore d'autres compositions qu'avant de faire connaissance avec l'écrivain lui–même il nous semble utile de mentionner.

Ce sont d'abord , dans une correspondance qu'il entretient avec plusieurs personnages considérables du clergé , tels que l'abbé de Baugerais , le préchantre de Troarn , l'archidiacre de Tours , le prieur de St-Martin de Séez, le sous-prieur de St-Victor, correspondance publiée par Dom Martène d'après les autographes conservés autrefois à l'abbaye de Lyre , 46 lettres sur 52, qui malheureusement roulent pour la plupart sur des lieux communs de théologie ascétique (2) :

Ce sont ensuite des sermons, au nombre de

(1) Stance 117, v. 1 et 2.
(2) Voyez le *Thesaurus novus Anecdotorum*, t. I. col. 494 et sqq.

trente-et-un, selon l'historiographe de St-Victor, Joannes de Tolosa, cité par Oudin ; le manuscrit auquel nous devons notre poème en présentait dix-neuf qui en ont disparu (1) ; nous n'en connaissons que seize qu'on trouvera dans un manuscrit de la Bibliothèque impériale, fonds St-Victor, n° 738 (2) ;

C'est un *Preconium metricum divi Augustini* en 127 quatrains monorimes, comme le *Fons philosophie*, et qui occupe, dans le manuscrit où ce poème nous est conservé, les neuf derniers feuillets ; ce même manuscrit contenait, au dire d'Oudin, à la suite du *Preconium*, un *Canticum ad Deiparam Virginem* et un *Planctus Beate Marie Virginis*, qui en ont été probablement détachés ;

C'est encore un livre, *De videndo Deo*, qu'il avait communiqué à un ancien prieur de St-Abraham, dans le diocèse de St-Malo, qui l'en remercie et le félicite d'avoir traité son sujet, à la manière de saint Augustin, *augustinaliter* (3)

(1) « Ad frontem hujus codicis extant ejusdem Godefridi sermones numero xix, » Oudin, l. l.

(2) Folio 107 r°. Ils sont annoncés par cette rubrique : *Sermones Godefridi canonici S. Victoris.* Le 12ᵉ a pour sujet saint Victor, *De Sancto Victore.*

(3) Voyez, dans la correspondance publiée par Dom Martène, la lettre XXVI.

et une *Vie* du bienheureux Hamon de Landacop,
moine de Savigny, avec lequel il avait travaillé à
la réforme de l'abbaye de Baugerais (1) ;

C'est enfin un *Microcosmus* dont nous avons
deux copies, dans les manuscrits 738 et 913,
toutes deux du XIII⁣e siècle, du fonds St-Victor
de la Bibliothèque impériale, et qui, dans les
trois livres dont il se compose, traite des arts et
des sciences qu'il faut cultiver, des vices qu'il
faut combattre, des vertus qu'il faut acquérir (2).

Mais quel est donc l'auteur de ces divers écrits
et en particulier de celui que cette notice a surtout pour but de faire connaître? Je me hâte
d'en exposer ici tout ce qu'il m'a été donné d'en
découvrir.

A quelque distance de Mézidon, dans l'arron-
dissement de Lisieux, on rencontre à l'est, sur
le chemin qui conduit à Écajeul, une ferme
d'origine récente, dont les murs, dans leurs
parties inférieures, laissent voir çà et là les ves-
tiges d'un édifice de toute autre nature qu'elle
est venue remplacer. Ces restes sont ceux des con-
structions du célèbre prieuré de S⁣te-Barbe-en-

(1) Voyez, dans la corresp. publiée par D. Martène, lettre XXVIII.

(2) Le premier de ces trois livres renferme des détails sur les sept
arts libéraux qu'il faut rapprocher de ceux que nous offre la *Fontaine
de philosophie*.

Auge, où furent établis, en 1128, par un seigneur d'Ecajeul, le chambellan Rabel, des chanoines réguliers de l'Ordre de saint Augustin (1).

C'est à cette maison, qui avait adopté la réforme à laquelle s'étaient soumis, à Paris, les chanoines de St-Victor, que fut attaché pendant la meilleure partie de sa vie, comme simple chanoine d'abord et ensuite comme sous-prieur, un Godefroi, de Breteuil, *Godefridus de Britolio*, sur lequel j'ai à donner tous les renseignements qu'il m'a été possible de recueillir à son sujet.

Je le ferais naître vers 1130, dans la ville dont on associe quelquefois le nom au sien. Entré à Ste-Barbe, vers 1160, il y aurait professé, pendant de longues années, la philosophie et la théologie. Son enseignement, après d'heureux débuts, aurait fini, comme il semble le laisser entendre quelque part (2), par lui attirer des tribulations toujours croissantes. Peut-être était-il un peu trop philosophe pour le milieu dans lequel il vivait : à une époque où la philosophie païenne était chassée des Écoles par de fougueux théologiens, qui, comme Gaultier de St-Victor,

____

(1) Voyez le *Gallia christiana*, t. XI, col. 858, et les *Mémoires de la Société des Antiquaires de Normandie*, t. VII, p. 92.

(2) C'était du *nectar* d'abord ; plus tard, ce n'était plus que du vinaigre, *acetum*. Voyez *Fons philosophiæ*, stance 13.

appartenaient à l'ordre religieux dont Godefroi faisait partie, il ne craignait pas de présenter Socrate comme le maître suprème en fait de moralité : *Socrates moralium summus precep- torum* (1) et de placer les lettres de Senèque, qui n'était plus alors en odeur de sainteté, à côté de l'Évangile :

> *Seneca Lucilio commendavit quedam*
> *Que vix Evangelio postponenda credam* (2).

Mais ce qui dut, bien plus encore que l'indé- pendance de sa pensée philosophique, soulever contre lui d'ardentes inimitiés, c'était l'impi- toyable rigueur, avec laquelle il voulait qu'on fit observer la règle et qu'on punît ceux qui s'en écarteraient. « Point d'indulgence pour les cou- pables, écrit-il à l'abbé Jean ! C'est un crime que de les épargner. Frappez-les, comme Phinée frappait les impudiques, comme Moïse frappait les sacrilèges (3). » Telle fut vraisemblablement

---

(1) Voyez *Fons philosophie*, stance 102.

(2) *Ibid.*, stance 103. Gaultier de Saint-Victor, dans un livre *Contra philosophos*, les traite tous avec une extrème rigueur : « Sed et Se- neca, ajoute-t-il, pejor ceteris convincitur... » Ap. Duboulay, *Historia Universitatis Parisiensis*, t. II, . 562.

(3) « Scelus est sceleratis parcere... O quam rarus hodie Phinees qui perfodiat impudicos ; rarus Moyses qui occidat sacrilegos ! » Lett. IV. — Voyez *Les Nombres*, c. XXV, vers. 7 et suiv., et le *Deuté- ronome*, c. XIII, vers. 15. etc.

la ligne de conduite qu'il suivit lui-même, lorsqu'en 1172 il fut appelé à Paris pour siéger au tribunal, qui eut à juger et qui condamna un abbé de St-Victor, l'anglais Ervise, pour ses abus de pouvoir et ses malversations (1).

Quoi qu'il en soit, l'orage qui depuis longtemps couvait sourdement contre lui et contre le prieur, avec lequel il marchait de concert, éclata enfin. C'était, si mes conjectures ne me trompent point, en 1186 (2). Expulsés violemment du monastère, ils vont l'un et l'autre chercher un asile dans des maisons qui étaient en relation avec celles qu'ils dirigeaient. Le prieur se retira dans un couvent de Prémontrés près Caen (3), sans doute à l'abbaye d'Ardennes (4). Le sous-prieur se réfugia à St-Victor, où il était connu et où il reçut l'accueil le plus honorable. On lui conserva même, quoiqu'il n'y fût admis que comme chanoine, son titre de sous-prieur ; ce qui explique la méprise de ceux qui en ont fait un sous-prieur du couvent parisien (5). Ce fut là

(1) Cf. le *Gallia christiana*, t. VII, col. 668.

(2) Cette date m'est suggérée par Jean de Toulouse, ap. Oudin, l. l.

(3) *Histoire littéraire de la France*, t. XV, p. 71.

(4) Il n'y a jamais eu d'autre maison de Prémontrés dans le voisinage de Caen.

(5) Notre manuscrit, au bas du folio 1er verso, porte, en écriture

qu'il passa, dans une paix profonde, ses dernières années. Il se félicitait beaucoup, tout en
se plaignant amèrement du traitement cruel dont
il avait été, disait-il, la victime innocente (1),
d'avoir ainsi été rendu à lui-même : *reddor
mihi* (2), et de pouvoir se préparer, à l'abri
des misères dont il avait tant souffert, au su-
prême voyage. Avant de mourir, il composa en
dix vers, sous forme d'anagramme, son épitaphe
qui nous intéresse surtout en ce qu'elle nous ré-
vèle son nom, dont habituellement il n'écrivait
que la première lettre (3). La date de sa mort ne
nous est pas formellement donnée ; cependant le
nécrologe de St-Victor constate le décès, en 1194,
d'un Godefroi, prêtre-chanoine, qui est très-pro-
bablement le nôtre (4).

Je n'ai plus maintenant qu'à recommander à
ceux que ces études intéressent la lecture du

du XVe siècle, ce titre : « Liber dictus Fons philosophie editus a
Godefrido quodam subpriore Sancti Victoris Parisiensis... » Oudin, l. l.,
aura tout simplement transcrit cette erreur.

(1) C'est dans le prologue du *Microcosmus* qu'il rappelle les tribulations dont l'ont abreuvé ses ennemis à tel point, « ita ut san-
guinem meum ebiberint et medullas arefecerint, in nullo tamen apud
eos accusante me conscientia : testem invoco Dominum. »

(2) *Fons philosophie*, stance 192.

(3) Nous donnerons cette épitaphe, avec nos observations, à la fin de
cet opuscule.

(4 Ap. Oudin, l. l.

poème, dont je n'ai pas eu la prétention d'extraire, dans l'analyse trop succincte que je viens d'en présenter, tout ce qu'il peut contenir d'utile. Cette lecture, je les en préviens, ne sera point pour eux tout agrément : elle m'a offert, à moi, des difficultés que je n'ai pas toujours surmontées et qui exerceront, s'ils veulent y voir plus clair que je n'y ai vu moi-même, leur patience et leur sagacité. Ce dont peut-être, dans tous les cas, ils sauront gré à l'éditeur, c'est qu'il n'a nulle part, comme on le fait trop souvent en pareil cas, dans des travaux du même genre, annoté son texte quand il s'explique assez de lui-même, et qu'au contraire, ce qui ne paraît pas absolument obligatoire à nos commentateurs, il n'a laissé aucun passage véritablement obscur, sans faire effort pour l'éclaircir.

FONS PHILOSOPHIE [1].

1. — Noctis erat terminus et soporis m
Et fugabat tenebras nuncius di
Expergiscor nescius affuture r
Sacris ductus monitis et instinctu D

    ei (2)

2. — Exeo diluculo sub exortu l . . . . . .
Signans me signaculo sacrosancte cr . .
Gratiam Paracliti (3) peto michi d . .
Dicens : Deus, dirige me quo bonum tu s (4)

    ucis

(1) La diphthongue *æ* est généralement remplacée dans notre manuscrit par la lettre *e;* toutefois nous la trouvons indiquée par un ovale attaché à l'extrémité de l'*e* et pendant au-dessous de la ligne dans quatre mots : *are*, strophe 155, v. 2 ; *turbe*, strophe 160, v. 4 ; *Jude*, strophe 164, v. 3, et *rite*, strophe 184, v. 4.

(2) Pour abréger le travail, nous n'avons représenté exactement que pour cette première stance la disposition adoptée pour tout le poëme par le manuscrit.

3) Le Paraclet. Παράκλητος, celui qui console, qui intercède pour le pécheur, le Saint-Esprit.

(4) Il faut, je pense, lire : « Dirige me quo bonum t ucis » ; *tu cis* serait mis là pour *tu scis*, « où tu sais que le bien réside. » Le parchemin a été gratté ici : on voit que le copiste a éprouvé pour sa tran-

3. — Ergo dum progredior via longi .
   Sancto quem rogaveram Spiritu duct
   Sitis michi nascitur vie de lab . . . } ore
   Et scandentis altius solis ex cal .

4. — Ambulanti michi sic in hac sitis p
   Loca quedam de longe visa sunt am
   Mire celsitudinis facie ser . . . . . . } ena
   Et quasi delitiis Paradysi pl . . . . .

5. — Curro properantius cupidus vid . .
   Sitis extinguende spem signa prebu
   Namque meis auribus mox obstrepu } ere
   Murmure dulcisono rivi mille f . .

6. — Cum venissem propius, invenitur pr⁻ . . . .
   Locis in campestribus pede montis . . . .
   Quem dicunt mechanicum (1) fons obductus l } imo
   Ranarum palustrium sordidatus f . . . . .

scription un embarras dont il s'est tiré comme il a pu, c'est-à-dire très-mal. Le ms. 420 a été plus heureux : voici sa leçon :

Exeo diluculo sub exortu lu. . . . . . .
Signans me signaculo sacrosancte cru. . . } cis
Gratiam Paracliti peto michi du. . . . .
Dicens : Deus, dirige me quo bonum tu s

(1) On lit ici en marge sur notre manuscrit : *De ortu mechanice et ejus speciebus.* — Ce *mechanicus fons*, c'est la source d'où jaillissent les *arts mécaniques* ou *illibéraux* : l'École en comptait sept principaux : l'agriculture, la chasse, la guerre, l'architecture, la chirurgie, la tisseranderie et le pilotage ; on les opposait aux sept *arts* dits *libéraux*. — Voyez La Mothe Le Vayer, *De l'Instruction de Mgr le Dauphin*, dans les *OEuvres*, Paris, 1656, 2 vol. in-f°, t. I, p. 76 et

7. — Hujus ibant fluvii valde copi . . . }
    Nam per totum diffluunt orbem spati }
    Dulces rudi populo, quamvis sint lut } osi
    Quamvis sint insipidi, quamvis venen }

8. — Hos vulgus promiscuum confluit haur . . }
    Qui (1) predicta culmina nequeunt ad . . }
    Et quamvis ex aquis his surgant pestes d } ire
    Cunctos terre filios tamen alunt m . . . }

suiv. — Vincent de Beauvais, dans son *Speculum doctrinale*, lib. I, c. XVIII, divise avec les Anciens la philosophie en *mécanique* et *libérale:* « Mechanica repellit indigentias corporis... Liberalis supplet indigentias animæ ». Au livre XI, ch. Ier, il donne plusieurs classifications des arts mécaniques, entr'autres celle-ci : « Lanificium, armatura, navigatio, agricultura, venatio, medicina, theatrica ». Dans le *Microcosmus*, ms. 738, f° 21 r°, Godefroi donne aussi sa théorie, que nous transcrivons : « Septem nobis enumerare sufficiat [artes mechanicas] : prima armatura ; secunda mercatura ; tercia agricultura ; quarta fabricatura ; quinta lanifactura ; sexta venatura ; septima medicatura. Armatura militum, mercatura mercatorum, agricultura rusticorum, fabricatura fabrorum, lanifactura lanificium, venatura venatorum, medicatura medicorum adinventio est. » — Ces classifications, comme on le voit, ont beaucoup varié. Citons-en une dernière; elle est de Petrus Morestellus (ΕΓΚΥΚΛΟΠΑΙΔΕΙΑ, *sive artificiosa ratio et via circularis ad artem magnam*. In collegio Salicetano, 1646, p. 315 . Les sept arts serviles sont pour lui agricultura, venatio, armatura, fabrilis, medicina, lanificium, navigatio.

(1) *Vulgus qui nequeunt*. C'est le Πρὸς τὸ σημαινόμενον des rhéteurs.

    Hic genus antiquum terræ, Titania pubes,
    Fulmine dejecti, fundo volvuntur in imo.
                VIRGILE, *Énéid.*, VI, 580.

On en a de nombreux exemples en grec, quelques-uns en français.

9. — Omnes quidem veniunt gratia sal .
    Sed dum nimis hauriunt labiis poll
    Hic fit paralyticus membris dissol .   } utis
    Alius ydropicus ; huic inflat c . .

10. — Bibiturus adii [fontem] (1) quem sit
    Dixit michi Spiritus ductu cujus .
    Noli , noli ; suspice fontis aquas v   } ivi
    Sitibundus igitur illos preter . . .

11. — Septem (2) tamen transiens rivos comput
    Quos ab hac origine fluere not . . .
    Quorum sola nomina mente consign .   } avi
    Ceteros (3) nec nomine discere cur . .

12. — Emanabat vertice montis fons ill .
    Quem natura fecerat a diebus pr
    Vive scaturiginis inexhaustus n . .   } imis
    Qui de summo decidens influebat

13. — Ille gustu suavior et saporus qu . . .
    Attamen non omnibus sapiebat . . . .
    Imo dicto nequeas adhibere f . . . .   } idem
    Nunc acetum visus est, nunc nectar (4) e

(1) J'ai, sans hésiter, ajouté dans ce vers le mot que je mets entre crochets et que le copiste aura omis par mégarde. Le ms. 429 non-seulement n'a pas rétabli le mot *fontem :* mais il a de plus écrit *quam* au lieu de *quem.*

(2) Ces sept ruisseaux sont les sept arts mécaniques mentionnés plus haut. Voyez la note sur le vers 3 de la strophe 6.

(3) Les autres arts illibéraux, *ceteros*, auxquels le poëte fait allusion, ont sans doute les divers metiers que ne comprennent point les listes rappelées ci-dessus : l'art de travailler les métaux, par exemple : l'art de préparer les mets, etc.

(4) Voyez comment nous avons dans notre *Introduction*, p. 8, expliqué ce *nectar* et cet *acetum.*

14. — Differebat etiam vario col . . . . \
Nam quod vena prodiit de profundi / ore
Aureo resplenduit rutilans fulg . . \
Sed argenti nituit altera cand . .

15. — Vena namque dupplici bipartito s . . \
Est in duo grandia brachia porr . . . / ectus
Geminos habentia phisicos eff . . . . . \
Vocem candor acuit; rubor purgat (1) p

16. — Hec ab uno pariter fonte deriv . . . . \
Exeunt disparibus spatiis vag . . . . . / ata
Et currendi variis modis dispar . . . . \
Hoc silet, hoc prostrepit (2) unda concit

(1) Les arts qui sortent de cette source sont divisés en deux classes : les uns, moins précieux, brillent tout au plus comme de l'argent ; les autres, d'une plus grande valeur, resplendissent comme l'or. — Ceux qu'on assimile à l'argent se rattachent à l'emploi du langage : *Vocem candor acuit :* ceux qu'on assimile à l'or ont rapport à la direction de la vie, à la formation des mœurs : *Rubor purgat pectus :* c'est ce que dit en moins de mots une note marginale : *De sapientia* c'est le *rubor*, *De Eloquentia* c'est le *candor*. Le *Microcosmus* fait de même briller les uns *aureo fulgore*, les autres *argenteo candore* (ms. 738, f° 24 r°) ; là aussi (f° 24 v°) *vocem candor acuit, rubor purgat pectus.* — Jean de Salisbury, dans son *Metalogicus*, lib. I, c. XXIV, use des mêmes métaphores ; mais pour lui, c'est la logique, « quae suas immittit rationes in fulgore auri », tandis que la rhétorique « in locis persuasionum et nitore eloquii candorem argenteum æmulatur ». — Les premiers de ces arts formaient le *Trivium ;* les seconds, le *Quadrivium.*

(2) Celui de ces deux groupes d'arts qui coule en silence, *hoc silet,* c'est celui dont se compose la *Sapientia* ou le *Quadrivium ;* celui qui roule ses eaux avec fracas, *hoc prostrepit :* « Alterum cum silentio fluit, alterum concitatis undis perstrepit. *Microcosmus, Ibid.,*

17. — Ambo quidem grandia ; tamen unum m ⎫
    Tres in partes scinditur late pandens s ⎪ inus
    Vocat hoc vulgariter trivium (1) lat . ⎬
    Quod ad eloquentiam sit accessus tr ⎭

18. — Horum primum spargitur campo lati ⎫
    Et per plana labitur via recti . . ⎪
    Hoc virgulta tenera suo creat r . ⎬ orc
    Hoc fecondat alia vena (2) pleni . ⎭

c'est l'*Eloquentia* ou le *Trivium*. —Ce dernier mot, *Trivium*, a quelquefois, mais bien rarement, été pris dans un autre sens que celui qui presque constamment lui est assigné par le moyen-âge. On a d'un docteur d'Oxford, Jean Bromyard, un *Opus trivium*, qui comprend, dit-il, les trois lois *divine*, *catholique* et *civile*, à propos desquelles il donne des conseils aux prédicateurs. Voyez V. Le Clerc, *Discours sur l'état des Lettres au XIVe siècle*, édit. in-8°, p. 408.

(1) Pour le *Trivium* et le *Quadrivium*, voyez ma *Notice sur quelques énigmes archéologiques*, qui ouvre le volume des *Mémoires lus en Sorbonne en 1863* (Archéologie), p. 16, note 1, et ma *Biographie de Lanfranc*, 1re partie, note 9. — Cf. Hauréau, *De la Philosophie scolastique*, t. 1, p. 19 et suiv.

(2) Jean de Salisbury, dans le *Metalogicus* (lib. I, c. XXI, XXII, XXIII, édit. J. A. Giles, t. IV, p. 52 et suiv.), soutient et développe longuement cette thèse, à savoir : que la Grammaire « clavis est omnium scripturarum et totius sermonis mater et arbitra » ; que « sine ea non magis quis philosophari potest, quam si sit surdus aut mutus», et que les exercices qui nous préparent à la philosophie et à la vertu n'ont pas d'autre point d'appui : « Grammatica est eorum fundamentum. » — La Grammaire, que les artistes du moyen-âge nous représentent sur la façade de nos cathédrales sous la figure d'une femme assise, qui tient d'une main des verges et de l'autre un livre où des enfants apprennent à lire (Voyez Viollet-le-Duc, *Dictionnaire raisonné de l'architecture française du XIe au XVIe siècle*, v° ARTS

19. — At secundum transiens loca latebr
    Rupes, lucos, invia frangit scrupul
    Hujus via strictior et amfractu . .   } osa
    Hujus aqua fortior et impetu . . .

20. — Tercium lasciviens per amena pr . .
    Vernat flore vario sinus pictur . . . .
    Hujus fluctus ceteris longius vag . .   } ati
    Primum tardi, postea currunt (1) concit

21. — Hoc est illud trivium late celebr . .
    Cunctis terre finibus longe pervag . .
    Cujus ripis plurime site civit . . . . .   } atum
    Quarum quondam civibus contulit prim

LIBÉRAUX), est considérée comme *l'aînsnée et la plus sage* des sept sœurs; elle s'assied sur un trône autour duquel les six autres viennent se ranger (Voyez *Le mariage des sept arts*, édit. Jubinal, p. 56). — Les *Annales de philosophie chrétienne* ont reproduit, dans le t. XIX, 1re partie, p. 52, pl. LXII, une peinture de l'*Hortus Deliciarum* de l'abbesse Herrade où nous voyons les sept arts libéraux sortant, comme sept fleuves, du sein de la Philosophie : la Grammaire debout tient des verges d'une main et un livre de l'autre ; cette *Primeraine des sept arts*, ainsi que l'appelle l'*Image du monde* (Voyez Jubinal, *Œuvres complètes de Rutebeuf*, t. II, Additions, p. 417, note 1), occupe le sommet du tableau. — C'est la Rhétorique, au contraire, que Brunetto Latini (*Li Tresors*, liv. I. part. I, c. I) place au-dessus de tous les autres arts : « Si comme or sormonte toutes manieres de metaus, autressi est la science de bien parler et de governer gens plus noble de nul art dou monde ».

(1) L'orateur, qui débute généralement avec beaucoup de sang-froid et de calme, va s'échauffant de plus en plus, à mesure qu'il avance : *currit concitatus.*

22. — Quondam namque trivii viatores r
    Fama magni nominis celo sunt inv
    Sunt vicinitatibus (1) aliis pref . . } ecti.
    Nunc mendicant miseri penitus abj

23. — O sortes ! O tempora veterum be . .
    Quantum nunc a pristino statu permut
    O sanctarum mentium moderatrix gr } ata
    Sic sic , Eloquentia , jaces antiqu . .

24. — Doctus Aristotiles (2) quamvis norit .
    Nullus erit nisi sit loquax (3) decret
    Medicum, theologum, magum (4) cum leg } ista
    Simulet , egregius hoc michi soph . .

(1) *Vicinitas* ne peut avoir ici d'autre sens que celui que Ducange (édit. Henschel, t. VI, p. 817, col. 3) donne au mot *vicinia*, qu'il explique par ceux de *vicus, civitas.*

(2) Ce nom est souvent écrit de cette manière dans le moyen-âge. Brunetto Latini a donné un extrait de la *Morale d'Aristote* sous ce titre : *L'Ethica d'Aristotile, ridotta in compendio.*

(3) « Decretista, qui studet in Decretis ; magistri Decretistæ, professores juris canonici » Ducange, édit. Henschel, t. II, p. 765. On disait *discretistre* dans le français du temps. Id., *Ibid.*, p. 766.

(4) *Magus.* Ce mot a représenté, à travers les siècles, des idées bien diverses. Chez les anciens Perses, c'est un *prêtre* Hérodote, lib. I, c. 126, 140 ; c'est un prêtre qui préside à l'éducation de la jeunesse (Diogène de Laerte, lib. IX, 34 et Clément d'Alexandrie, *Stromata,* I, p. 304, A.). Selon Jean de Salisbury (*Polycraticus*, lib. I, c. 10), « Magi ob magnitudinem maleficiorum sic appellantur, qui, Domino permittente, elementa concutiunt, rebus adimunt species suas, ventura plerumque prænuntiant, turbant mentes hominum, immittunt somnia, hominesque violentia carminis duntaxat occidunt. » Nos rituels ne séparent point les *magi* des *sortiarii*, des *divinatores*, etc., etc. Pour le chancelier Bacon, la *magie*, c'est l'art le plus puissant que puisse acquérir l'homme, celui de changer jusque dans leur essence

25. — His fluentis assident haurientes m
Hinc adolescentuli bibunt, hinc ad ⎰
Quisque suo modulo sapientes, st ⎱ ulti
Quamvis preter ordinem ruunt incons

26. — Ruunt preter ordinem non experti r
Rationis oculum non habentes m . ⎰
Ideo preiereunt non videntes v . . ⎱ erum
Nisi tandem luceat eis lumen s . .

27. — Cumque credant alia gustu suavi . .
Prima cece transeunt, ut abjecti . . . ⎰
Nec advertunt stolidi quod ulteri . . . ⎱ ora
Sine fundamentis his ruunt (1) absque m

28. — A diversis veniunt finibus (2) terr
Voluntatum studiis rapti divers . . ⎰
Illum trahit impetus, hunc amor aqu ⎱ arum
Hic bibendi cupidus, ille sitit p . .

les substances matérielles, et de donner, par exemple, « lapidi alicui non diaphano diaphaneitatem aut corpori alicui non vegetabili vegetationem » (*Novum Organum*, lib. II, aphorism. 4 et 9). C'est bien encore *rebus adimere species suas*, mais par des procédés scientifiques, et non plus par des incantations, ou avec le concours des Esprits de ténèbres.

(1) Voyez *supra* la note sur le vers 4 de la stance 18. — Quintilien fait, lui aussi, une belle part à la Grammaire : « Quae nisi oratoris futuri fundamenta fideliter jecerit, quidquid superstruxeris corruet » (*Institut. orat.*, lib. 1, c. 4). — Grammatica, dit Alcuin *De septem artibus*, praefatio), origo et fundamentum liberalium artium ». — « La Gramatique est fondement et porte et entrée des autres sciences ». Brunetto Latini, *Li Tresors*, liv. 1, part. 1, ch. IV, édit. P. Chabaille, p. 8.

(2) Pour cette affluence des élèves qui accouraient, aux grandes Écoles du temps, de toutes les régions de l'Europe, voyez ma *Biographie de Lanfranc*, édit. in-8°, 1re partie, p. 17.

29. — Nec mirandum tamen est ordinem conf
Quis in saccum prohicit aliquid pert
Quis non tandem mereat male se del } usum
Studiorum trivii nullum videns . . .

30. — President (1) his etiam qui hoc meru
Et qui singulariter gratiam haus . . .
Cujus partes aliis quoque contul . . . } erunt
Nichil enim possident (2) quod non accep

31. — Sedent eminentius inter hos pinc
Veteres, memorie viri sempit .
Quibus multitudines assident mod } erne
Haustu quoque gratie saturi sup

32. — Claudunt hii (3) vel reserant aditus aqu
Ne prophanis pretium sordeat e . .
Dignis vero tribuunt poculum non r } arum
Possessorem respuit census hic (4) av

(1) Presidere est le terme consacré pour désigner le maitre qui est à la tête de l'École. Voyez stances 33, 36, 75, 143, 176. « Peripateticum Palatinum (Abélard), qui tunc in monte Sanctæ Genovefæ præsidebat. » Jean de Salisbury, *Metalogicus*, lib. II, c. 10.

(2) « Quid habes quod non accepisti ? » Saint Paul, 1re *aux Corinthiens*, c. IV, v. 7.

(3) *Hii* n'est ici, comme partout dans notre poème, qu'un monosyllabe.

(4) *Census hic* : cette espèce de bien ne comporte pas un possesseur avare ; on ne s'appauvrit pas en le prodiguant. « Nobilis possessio sapientia, quia distributa suscipit incrementum et avarum dedignata possessorem, nisi publicetur, elabitur ». *Microcosmus*, f° 26, v°.

33. — Primi ripe fluminis presidet (1) Don
    Puerorum series stipat ejus l . .
    Quorum potu lacteo reficit hi . . } atus
    Virga (2) quoque faciles corrigit err

(1) Notre ms. porte ici en marge : *De antiquis magistris grammatice.* Le grammairien Ælius Donatus, qui vivait au IVe siècle, a laissé plusieurs écrits, dont le plus connu est un traité *De octo partibus orationis.* Isidore de Séville (*Origines seu Etymologiæ* , lib. I, c. 6, croit que Donat est le premier qui ait compté huit parties du discours ; mais Aristarque avait longtemps auparavant « fixé définitivement la classification qui, depuis vingt siècles déjà, est demeurée classique dans nos Écoles » (E. Egger, *Apollonius Dyscole* , ch. III, p. 72), et du temps de Quintilien (*Institut. orat.* , lib. I, c. 4), le grammairien Palæmon la professait. — De tous les grammairiens anciens, celui que préférait Cassiodore, c'était Donat : « qui et pueris specialiter aptus et tyronibus probatur accommodus ». *Grammatica, sive rhetorica, vel de disciplinis,* c. 1, dans *Bibliotheca maxima veterum patrum,* t. XI, p. 1302, col. 2, E ; ce qu'Alcuin répète à peu près mot pour mot : *De septem artibus. De Grammatica,* c. 1er.

2 J'ai autrefois réuni, sur les punitions infligées aux enfants et aux jeunes gens dans les Écoles monastiques, d'assez nombreux détails ; voyez mes *Biographies de Lanfranc,* 2e partie, note 44, et de *saint Anselme,* 2e partie, notes 17 et 18 : j'y cite entre autres un passage des Coutumes de Cluny, où nous voyons les jeunes délinquants frappés « *virgis vimineis lеvibus et teretibus ad hoc provisis.* » Voyez *supra,* stance 18, vers 4, en note. — Dans un poème latin en vers élégiaques adressé à une des filles de Guillaume-le-Conquérant, Adèle, comtesse de Blois, par Baudri, abbé de Bourgueil, poème inédit dont notre savant confrère, M. Léopold Delisle, a bien voulu me confier la publication et dont la Société des Antiquaires de Normandie ne tardera pas à enrichir ses *Mémoires,* je lis ces deux vers : c'est de la Grammaire qu'il est question :

Præterea ferulæ subdebat discipulorum

Dextras et flagro dorsa ferit rubeo. — (V. 1211-12.)

34. — Hujus ex opposito sedet (1) Prisci
    Hunc et Apollonius (2) et Herodi
    Instruit conserere cum Donato m
    Alioquin fuerat hic conflictus v } anus

35. — Longa juxta series sedet magistr
    Longe copiosior grex discipul
    Hii rimantur penitus ima fluent
    Summa libant alii tactu labi . . } orum

36. — Magnus Aristoteles (3) presidet sec
    Cujus distributor est atque custos
    Hic rimatur intima fluminis prof
    Et merenti cuilibet potum dat hab } unde

37. — Miscet efficatie potiones m . . . . . .
    Haustus quarum valeat rudes erud .
    Hinc inflantur animi, surgunt (4) acres
    Stultum dialectica facit insan . . . . . } ire

Déjà au IXe siècle l'évêque d'Orléans Théodulfe, dans son poème intitulé : *Carmina de septem artibus* (Voyez la collection de Migne, t. CV, représentait, sur son arbre emblématique où figuraient les sept arts, la Grammaire un fouet à la main.

(1) Priscien, de Césarée, qui florissait au commencement du IVe siècle, est trop connu pour que nous nous y arrétions. Remarquons-le seulement ici comme un des grammairiens qui ont eu le plus d'autorité au moyen-âge.

(2) Sur Apollonius Dyscole, né à Alexandrie dans les premières années du IIe siècle de notre ère, et sur son fils Hérodien, ce *maximus auctor artis grammaticæ*, comme le qualifie Priscien, voyez E. Egger, *Apollonius Dyscole*.

(3) En marge : *De antiquis magistris dialectice.*

(4) Sur le dessin de l'*Hortus deliciarum* mentionné plus haut (stance 18, vers 4, en note), la Dialectique, qui met aux prises les argumen-

38. — Hic est enim gladius in se preti
  Quem si gerit sapiens erit fructu
  Quod si forte strinxerit illum furi
  Tam sibi quam ceteris fit perniti ⎫ osus

39. — Conficit, ut diximus, miras poti
  Dum docendi (1) varias docet rati
  Modo per se statuens (2) disputati
  Modo dans ad alterum colluctati ⎫ ones

tants, tient de la main gauche une tête de chien qui montre les dents dont sa gueule ouverte est armée : le vers qui dans ce tableau le caractérise est ainsi conçu :

> Argumenta sino concurrere more canino.

Il semble qu'au moyen-âge la Dialectique et la Logique ne soient le plus ordinairement qu'une seule et même science :

> Li seconde ars si est Logique,
> C'on apiele Dialectique ;

ainsi que s'exprime l'*Image du monde*, éditée par M. Jubinal, dans les Œuvres de Rutebœuf. — Alcuin dit aussi (*De septem artibus* , præfatio) : « Logica, quæ Dialectica nuncupatur. » Toutefois, dans son Dialogue sur la Dialectique (*interlocutoribus Karolo Magno et Alcuino*), il divise la Logique *in duas species : in Dialecticam et Rhetoricam.*

(1) En marge : *In posterioribus analeticis.* Les *Secondes Analytiques* ont en effet pour objet la démonstration universelle et particulière, affirmative et négative, etc. Voyez Boëce, *Posteriorum Analyticorum Aristotelis Interpret.*, lib. I, c. 20 et sqq. Cf. Jean de Salisbury, *Metalogicus*, lib. IV, c. 6 et 8.

(2) En marge : *In prioribus.* Les *Premières Analytiques* traitent du syllogisme dont on se servira pour établir son opinion ou ruiner celle de son adversaire, pour construire, *construere*, ou détruire, *destruere*, comme s'exprime Boëce (*Prior. Analytic. Interpr.*, lib. I, c. 27).

40. — Nam luctator strenuus diligit luct
Nec dignatur poculo nisi dimic
Ipse quoque dimicat contra repugn } antes
Et ad idem studium vocat ignor

41. — Instruit ingenium validi tyr . . .
Et ad exercitium preparat ag . . }
Illis donat gladios oppositi . . . } onis
His e contra clipeum dat (1) responsi

42. — Dat loricas ferreas firmas rati
Sillogismos, triplices precontexti }
Texit, nectens simplices propositi } ones
Nectens ypotheticas (2) compositi

43. — Addit eis insuper copiam tel . }
De periermenias (3) luco succis }
De rudi materia (4) analetic . } orum
De silvosis etiam locis topic . .

(1) Pour ce *glaive de l'opposition* et ce *bouclier de la réponse*, voyez dans Boëce, sur les *Topiques* d'Aristote, liv. VIII, les chapitres II, III et V, intitulés : le 2ᵉ, *Pro instructione respondentis :* le 3ᵉ, *Loci pro respondente*, et le 5ᵉ, *Pro opponente et respondente loci communes.* Cf. Albert-le-Grand, dans les OEuvres complètes, t. I, *Topicorum*, lib. VIII, tractat. II, p. 827, *De instructione respondentis et de modo respondendi*, et même volume, *Elenchorum*, lib. I, tractat VII, *De cautelis observandis opponenti*, p. 918.

(2) Sur les syllogismes hypothétiques voyez Aristote, *Premières Analytiques*, lib. I, c. 29 ; le Commentaire de Boëce sur ce traité, c. 23, et la *Logique de Port-Royal*, part. III, c. 13.

(3) Le traité Περὶ Ἑρμηνείας comprend la doctrine d'Aristote su le langage. Voyez, sur ce « Liber Periermeniarum vel potius Periermenias », Jean de Salisbury, *Metalogicus*, lib. III, c. 4.

(4) Les Analytiques, dont pour la seconde fois notre manuscrit défigure le nom, entraient, comme on sait, ainsi que le Περὶ Ἑρμηνείας

44. — Hic videres varios juvenum conf
    Passim volant jacula ; micat ensis str
    Dum vicissim feriunt atque ferunt   } ictus
    Modo victor vincitur, modo vincit v

45. — Preparat Porfirius ad fluenta v
    Juvat Aristoteles per cathegor .
    Ubi, nisi cautius ambulare se .   } ias
    Timeo ne cicius errabundus f .

46. — Solus hic ingreditur populus el . .
    Cujus gressus stabiles, cui robustum p
    Omnis hinc excluditur, omnis est abj   } ectus
    Qui non Aristotelis venit armis t .

47. — Quod si quis infirmior lateat in .
    Si Patroclus (1) induat tegumen Ach
    Que spes esse poterit viribus tant   } illis
    Non bene conveniunt grandia pus .

et les huit livres des *Topiques*, qui enseignent l'art de trouver des *lieux* ou arguments pour toutes les questions, dans la composition de ce qu'on appelait, de ce qu'en appelle encore l'*Organum*. On y rattachait l'opuscule de Porphyre, l'Εἰσαγωγή (*Introduction*), qui traite des Universaux, du genre, de l'espèce, de la différence, etc., etc., et qui préparait à la lecture et à l'intelligence des livres du grand maitre, et les *Catégories* ou *Liber predicamentorum*, comme notre ms. les appelle en marge ; catégories, prédicaments, pour la complète connaissance desquels je renverrais à Martianus Capella (lib. IV, § 338 et suiv., édit. Kopp), et surtout, non-seulement pour ce détail, mais pour tout ce qui concerne la Logique du Stagyrite, à la précieuse traduction de M. Barthélemy Saint-Hilaire.

(1) Cf. l'*Iliade*, XVI. Ces souvenirs précis des poëmes d'Homère sont rares chez les écrivains du moyen-âge, quoique le nom du poëte revienne fréquemment sous leur plume. M. Édélestand Du Méril a

— 36 —

48. — Sedet ex opposito venerandus Pl
    Solio sublimius ceteris el . . . . .
    Ore nitens, pectore (1) pariter spect } ato
    Sed hic videt oculo minus (2) accur

49. — Eminentis phisice propior flu . . . .
    Et a claro lumine contuetur (3) m .
    Speram (4) gestat manibus mundi se volv } entis
    Circulorum flexibus sese connect . . .

publié , dans ses *Poésies populaires latines antérieures au XIIe siècle* , deux pièces sur la destruction de Troie : Homère y est nommé : « Alter Omerus ero vel eodem major Omero » ; mais c'est tout ce qui l'y rappelle expressément.

(1) Allusion, ce me semble, à ce que quelques biographes nous disent de la large poitrine et du large front de Platon. Voyez entre autres Olympiodore, *Vita Platonis*, dans l'édition des Œuvres de Platon. Leipsick, 1818, t. I, p. 2. « Ἐκλήθη δ' οὕτω διὰ τὸ δύο μέρια τοῦ σώματος ἔχειν πλατύτατα , τό τε στέρνον καὶ τὸ μέτωπον ».

(2) Quoique réalistes pour la plupart, les philosophes de cette époque sont, en général, comme Abélard (*Peripateticus palatinus,* ainsi que l'appelle partout Jean de Salisbury, *Metalogicus*, lib. II , c. 10 ; lib. III, c. 1, etc. , etc.), péripatéticiens. — M. Saint-René Taillandier a fait la même remarque pour le IXe et le Xe siècle (*Scot Erigène* , 3e partie, c. 2, p. 211).

(3) Allusion au *Timée* , que la traduction latine et le commentaire de Chalcidius avaient popularisé dans les Écoles. On ne connaissait de Platon, à cette époque, que le *Timée* et le *Phédon.*

(4) *Spera* pour *Sphæra* se trouve déjà dans le *Dictionarium latinum* de Papias au IVe siècle de notre ère. Baudri écrit ainsi ce mot dans le poème que nous avons cité plus haut (Voy. stance 33, vers 4, en note), aux vers 1066 et 1070. Le *Microcosmus* ne pouvait l'orthographier autrement (voyez le ms. 738, f° 24 r°). Le *Roman de la rose* , au vers 17724, fait *tournoyer les corps du ciel en leur espère.*

50. — Paralleli circuli possunt hic spect . . . \
Quamvis ydealiter debent cogit . . . . \
Quinque sunt (1) et spatio distant a se p ⟩ ari \
Quibus zone totidem solent termin . .

51. — Hic coluri pariter note sunt sign . . . \
Equinoctialium, nec non tropic . . . \
Qui dum per utrumlibet transeunt pol ⟩ orum \
Et se bis et quemlibet secant (2) predict

52. — Preter hos zodiacus (3) via planet \
Sua latitudine solus ide . . . . \
Utriusque terminos ad solstici . ⟩ alis \
Flectitur, per medium equinocti

(1) Ces cinq cercles parallèles sont l'équateur, les deux tropiques et les deux polaires. Les cinq zones qu'ils déterminent sont la torride, les deux tempérées et les deux glacées. Voyez Macrobe, *Commentarius ex Cicerone in Somnium Scipionis*, lib. I, c. 15, et II, c. 5.

(2) Les deux Colures, celui des équinoxes et celui des solstices : Macrobe, *l. l.*, lib. I, c. 15, résume ainsi ce que les Anciens en pensaient : « Duo sunt coluri, quibus nomen (*tronqués par la queue*) dedit imperfecta conversio. Ambientes enim septemtrionalem verticem atque inde in diversa diffusi, et se in summo intersecant et quinque parallelos in quaternas partes aequaliter dividunt, zodiacum ita intersecantes, ut unus eorum per arietem et libram, alter per cancrum atque capricornum meando decurrat ; sed ad australem verticem non pervenire creduntur. » Voyez, pour ces mouvements des Colures, Manilius, *Astronomica*, lib. I, vers 582 et suiv., et les deux notes sur ce passage d'un de ses traducteurs, Al. G. Pingré.

(3) Le zodiaque est bien le grand chemin que sillonnent les planètes dans leur cours : *via planetaris :* c'est le seul des cercles qui ait de la largeur ; le mot *ydealis* signifie ici que nous le concevons, que nous nous en formons une *idée*, en lui reconnaissant cette dimension que les autres cercles ne nous offrent pas ; il s'étend d'un solstice à l'autre.

53. — Est orizon etiam terminus vid
    Et in plano stantibus facilis perp
    Unus naturaliter; sed (1) digredi ⟩ endi
    Ratione tibi sunt plures (2) faci

(1) *Digrediendi* se comprend mal ; le sens en serait très-clair, si on lisait *digredienti*. Serait-ce que le poète aurait ici, trompé par sa prononciation germanique, regardé comme équivalentes ces deux manières d'orthographier le même mot ? Plus loin (stance 140, vers 3), il écrira *relud* pour *relut* et (stance 146, vers 1) *Davit* pour *David*. — On lit *derelinquid* pour *derelinquit* dans une des rubriques latines du *Bestiaire* de Philippe de Thaun, édit. Th. Wright, dans le *Popular treatises on science*, p. 112.

(2) « Horizon est velut quodam circo designatus terminus cœli, quod super terram videtur et quia ad ipsum vere finem non potest humana acies pervenire, quantum quisque oculos circumferendo conspexerit, proprium sibi cœli, quod super terram est, terminum facit. Hinc horizon, quem sibi uniuscujusque circumscribit aspectus, ultra trecentos et sexaginta stadios longitudinem intra se continere non poterit ; centum enim et octoginta stadios non excedit acies contra videntis. ... Semperque quantum ex hujus spatii (360 stades) parte postera procedendo dimiseris, tantum tibi de anteriore sumetur, et ideo horizon semper quantacumque locorum transgressione mutatur. Hunc autem, quem diximus de 360 stades, admittit aspectum aut in terris æqua planities aut pelagi tranquilla libertas, qua nullam oculis objicit offensam... » Macrobe, *In Somn. Scip.*, lib. I, c. 15. — « L'horizon est un cercle qui sépare la partie du ciel que nous voyons de celle que nous ne voyons pas. ... Il est double : l'un tombe sous les sens, l'autre n'est perçu que par la raison. L'horizon sensible n'a pas un diamètre de plus de deux mille stades : οὐ μείζονα τὴν διάμετρον ἔχειν σταδίων δισχιλίων : l'horizon rationnel divise le monde entier en deux parties égales.... » Proclus, Σφαῖρα, § 11. — Cf. Manilius, *Astronomica*, lib. I, vers 627—642.

54. — Unus adhuc superest circulus ind
  Solus non prudentia ydeali f ⎫
  Lumine notabilis et candore p ⎭ ictus
  Unde galaxias (1) est greca voce d

55. — Megacosmum (2 videt hic orbem grandi
  Microcosmum respicit mundum brevi ⎫
  Inspicit archetipum principali . . . . ⎭ orem
  In divina dirigens visum clari . . . .

(1) On peut, pour se faire une idée, au point de vue de la fable et de la science, de ce que les poëtes et les astronomes de l'Antiquité ont pensé de la voie lactée, consulter : Aristote, *Meteorologica*, lib. I, col. 8 ; — Plutarque, *De placitis philosophorum*, lib. III, c. 1 ; — Proclus, Σφαῖρα, § 13 ; — Stobée, *Eclog.*, lib. I, c. 28 ; — Ovide, *Metamorph.*, I, 168 ; — Manilius, *Astronom.*, I, 661 ; — Macrobe, *In Somn. Scip.*, lib. I, c. 4 et 8 ; — Hygin, *Poetica astronomica*, lib. I, c. 6 ; II, 42 ; IV, 7 ; — Albert-le-Grand, *Meteororum tractatus II*, c. 2, dans le t. II.

(2) Au-dessus du 1er vers de cette strophe on lit : s[cilicet] *Plato.* Le *Megacosmus*, c'est le monde ; le *Microcosmus*, c'est l'homme ; l'*Archetipus principalior*, c'est l'idée de l'univers, tel que Dieu le conçoit dans son ensemble et dans chacune de ses parties, et qui lui a servi de modèle lorsqu'il a constitué l'univers réel (Sur ce dernier point voyez le *Timée*, c. 29, et la *République*, l. VII et l. X). Quant à ces expressions solennelles, *Megacosmus* et *Microcosmus*, déjà usitées, on le voit, au temps où notre poëte écrivait, elles se sont surtout répandues dans la phraséologie philosophique du moyen-âge, à partir du moment (on était encore au XIIe siècle) où parut le livre de Bernard de Chartres, qui porte ce double titre. V. Cousin en a publié quelques extraits dans son édition des *Ouvrages inédits* d'Abélard ; j'en ai entre les mains une excellente copie que je dois à mon savant ami, M. le docteur Frochner, et que je compte donner quelque jour au public. Voyez cependant Hauréau, *De la philosophie scolastique*, t. I, p. 244 et suiv. — L'anglais Robert Fludd, qui vivait sous

56. — Hic ydeas aspicit in divina m
Ab eterno (1) genera rerum contin
Hic genus, hic species sub eo cont } ente
Ad hec exemplaria queque res inv

57. — Non in sensibilibus formas (2) colloc } ari
Nec his pereuntibus credit has mut

Élisabeth, est je crois, le dernier des philosophes qui, dans ses traités intitulés : *Utriusque cosmi metaphysica, physica atque technica historia;* — *De supernaturali, naturali, præternaturali et contranaturali microcosmi historia;* — *De naturæ simia seu technica macrocosmi historia,* ait conservé à ces deux mots l'importance qu'ils ont bien perdue depuis.

(1) Le ms. porte *A beïno;* c'est évidemment *Ab eterno* qu'il faut lire : le ms. 420 ne s'y est pas trompé. — Au 4ᵉ vers de cette même strophe, ce n'est pas *inventæ*, mais *fictæ, formatæ,* que le poète aurait dû dire. Sur ces *idées* que quelques critiques placent, comme notre auteur, *in divina mente,* mais que d'autres, et nous sommes du nombre, établissent, en dehors de l'intelligence divine, dans une sphère à part, voyez Th. Henri Martin, *Études sur le Timée de Platon,* t. I, p. 3, et l'article que nous avons consacré à ce savant ouvrage, dans le *Bulletin de l'Instruction publique et des Sociétés savantes de l'Académie de Caen,* 2ᵉ année, 1841-42, t. I, p. 46-62.

(2) Ces formes ou causes formelles s'appliquent, sans s'y attacher absolument, à la matière informe par elle-même et lui donnent ainsi telle ou telle figure, en font par suite telle ou telle réalité ; si c'est la forme *humanité* qui s'applique à un amas inorganisé d'éléments matériels, il en résulte *l'homme.* Voyez Platon, *La République,* lib. VI, édit. Stalibaum, et Ravaisson, *Essai sur la métaphysique d'Aristote,* t. I, p. 149 et suiv. Ces formes ne résidant point, selon Platon, dans les objets sensibles qui en participent seulement à un certain degré, ne souffrent point de la dissolution de ces objets. Voyez, sur cette question qui a tant occupé le moyen-âge, tous les philosophes scolastiques. On pourrait s'en tenir à lire avec quelque attention, dans Campanella.

> Motibus planeticis aplanem (1) tard ⎰ ari
> Probat, lunam radiis solis illustr ⎱

58. — Pugnat alter (2) genera rebus inher ⎰
> Pugnat uniformiter summa se mov ⎰
> Mendicato lumine lunam non eg . . ⎰ ere
> Et est lis sub judice quis quid dicat v ⎱

Metaphysic., part. II, lib. VI, c. 7, les articles 7, 8, 9 et 10, où
l'on trouvera les diverses opinions des métaphysiciens de l'ancienne
Grèce, du moyen-âge, de l'Arabie, *de Formarum substantialium et
accidentalium generatione et principio formativo*, etc., etc. Avant
tout, c'est dans l'excellent livre de M. Hauréau (voy. t. I, p. 303
et suiv. et *passim*) qu'on fera bien de chercher tous les éclaircissements utiles sur ces obcurs problèmes.

(1) *Aplanes*, la sphère des fixes. Macrobe, qui avait déjà latinisé
ce mot, l'applique, dans trois passages de son *Comment. in Somn.
Scip.* (lib. I, c. 6, 9 et 11), à celle des sphères célestes dont les
Anciens supposaient le mouvement parfaitement régulier : « Aplanem,
dit Jean de Salisbury (*Polycraticus*, lib. II, c. 19), nullius erroris
participem faciunt. » Les sphères des planètes, des astres errants, ont
reçu ce nom, « quia et cursu suo feruntur, et contra sphæræ maximæ
(la sphère dite *Aplanes*), id est, ipsius cœli impetum contrario motu
ad orientem ab occidente volvuntur » (Macrobe, *In Somn. Scip.*,
l.b. I, c. 14, et surtout c. 18. Cf. Sénèque, *Quæst. nat.*, lib. VII,
c. 21). Ce sont ces mouvements des sphères inférieures qui ralentis-
sent, *tardant*, celui de la sphère supérieure. C'est ce que pensait
Platon, qui croyait aussi, selon notre poète, que la lune empruntait
sa lumière au soleil. Voyez, pour ces opinions attribuées au fondateur
de l'Académie, H. Martin, *Études sur le Timée*, t. II, notes 25,
32 et suiv.

(2) *Alter* : au-dessus de ce mot en interligne s[*cilicet*] Arist[*oteles*],
et en marge, un peu plus haut : *Nota Aristotelem contraria sentire
Platoni in multis*. Aristote soutient, *pugnat*, contre Platon, que les
genres ne sont pas des réalités distinctes des individus : il n'admet pas
tous les mouvements que Platon assigne aux sphères célestes. Quant à

59. — Assidet Boetius stupens de hac l
    Audiens quid hic et hic asserat per ⎞
    Et quid cui faveat non discernit r ⎟ ite
    Non presumit solvere litem (1) diffin ⎠

60. — Tamen Aristotelis quelibet obsc . .
    Explanare nititur (2) vigilante c . . ⎞
    Huic videtur logices assignare j . . ⎟ ura
    Sed Platonem consulit de rerum nat ⎠

savoir si la terre brille de sa lumière propre ou d'une lumière empruntée, je ne connais rien ni dans Platon, ni dans Aristote qui ait trait à cette question. Plutarque, dans son *De placitis philosophorum*, lib. II, c. 27, rapporte la première de ces opinions à Anaximandre et à Antiphon, la seconde à Thalès et à Héraclite.

(1) « Boethius, quum magis sit platonicus quam aristotelicus, medium tamen se præbet inter utrumque philosophum et eorum concordiam se traditurum aliquando pollicitus est : quod an præstiterit, Deus novit. » Joannes Murmellius, *In Boethium* (De consolatione philosophiæ) *Commentarius*, lib. V, metr. 4. Voici ce que je lis dans Boëce (*Commentariorum in Porphyrium a se translatum* lib. I, circa finem) : « Plato genera et species cæteraque non modo intelligi universalia (Platon pense que les genres et les espèces ne sont pas seulement des conceptions de l'intelligence), verum etiam esse atque præter corpora subsistere putat (mais qu'ils existent d'une existence indépendante des corps); Aristoteles vero intelligi quidem universalia, sed subsistere in sensibilibus putat : quorum dijudicare sententias aptum esse non duxi; altioris enim est philosophiæ. Idcirco vero studiosius Aristotelis sententiam executi sumus, non quod eam maxime probaremus, sed quod hic liber ad prædicamenta conscriptus est, quorum Aristoteles autor est. »

(2) Boëce nous a laissé de nombreux traités : *In Porphyrii Isagogen ; — In Aristotelis prædicamenta ; — De syllogismo categorico; — De syllogismo hypothetico*, etc., etc., où il ne fait que commenter Aristote.

61. — Adest et Macrobius, adest Marti . . .
    Huic placet Mercurius, illi (1) Affric ⎫
    Sed dum sursum dirigunt oculos et m ⎬ anus
    Lustrant quidquid continet ambitus mund ⎭

62. — Addunt his se socios quidam nomin
    Nomine, non numine talium sod . . ⎫
    Alii vicinius assunt quos re . . . . . ⎬ ales
    Ipsa nuncupavit res, quod sint vere (2) t

(1) Allusion au *Comment. in Somnium Scipionis [Africani]* de Macrobe et au traité de Martianus Capella : *De Nuptiis Mercurii et Philologia et de septem artibus liberalibus libri novem.* La meilleure édition de ce dernier ouvrage est celle qu'en a donnée Ulricus Fridericus Kopp ; Francfort-sur-le-Mein, 1836, 1 vol. in-4°.

(2) Sur les réalistes et les nominaux, aujourd'hui bien connus, sinon toujours parfaitement compris, de ceux qui ne sont pas absolument étrangers aux recherches philosophiques, voyez Haoréau, *De la philosophie scolastique*, t. I, c. 2. — Abélard, dans le *Fragmentum sangermanense de generibus et speciebus* (édit. V. Cousin, in-4°, p. 513), résume ainsi qu'il suit toute la question : « De generibus et speciebus diversi diversa sentiunt. Alii namque voces solas genera et species universales et singulares esse affirmant ; in rebus vero nihil horum assignant. Alii vero res generales et speciales universales et singulares esse dicunt ; sed et ipsi inter se diversa sentiunt. Quidam enim dicunt singularia individua esse species et genera subalterna et generalissima, alio et alio modo attenta. Alii vero quasdam essentias universales fingunt quas in singulis individuis totas essentialiter esse credunt. » Cf. Jean de Salisbury, dans le *Metalogicus*, le chapitre xx du livre II, intitulé : *Sententia Aristotelis de generibus et speciebus circumvallata rationibus multis et multarum testimonio scripturarum*, et dans le *Polycraticus*, le ch. xviii du livre II. Ailleurs, livre VII, c. 12, le même écrivain, après avoir rappelé la plupart des opinions que les différentes sectes des nominaux et des réalistes se faisaient des universaux, et les querelles qui s'élevaient entre eux à ce sujet, ne craint pas de traiter d'inepte, *ineptum*, ce petit Porphyre, *Porphyriolum*, « qui ita scripsit ut sensus ejus intelligi nequeat, nisi Aristo-

63. — Nam si pro reatibus variis err
    Poterat realium nomen dici h)
) orum
    Tamen excusabilis error est e (
    Menti contradicere mos est insan

64. — Nam que mens vel cogitel nomen esse g
    Solus hoc crediderit mentis ali . . . .)
) enus
    Cum sit tot generibus rerum mundus pl (
    Cujus genus nomen est semper sit eg

65. — Ceterum realium sunt quam plures s
    Quas reales dixeris a reatu r . .)
) ecte
    Quia veri tramitem non eunt dir (
    Nec fluenta gracie hauriunt perf

66. — Ex his quidam temperant Porri (1) condim)
) enta
    Quorum genus creditur generis 2 cont (

tele, Platone et Plotino perlectis. Valeat, ajoute-t-il, quicumque me
in aliquam disciplinam disponit introducere compendio tali ! »

(1) En marge : *De porretanis*. — Porrus, Gilbert de la Porrée,
élève de Bernard de Chartres, professa la philosophie avec un grand
succès d'abord à Chartres, puis à Paris. Son réalisme tendait à se
rapprocher des doctrines d'Aristote, tandis que celui de son maitre
reproduisait, aussi fidèlement qu'il le pouvait, les idées de Platon,
qu'il essayait toutefois de concilier avec le Stagyrite. « Egerunt operosius
Bernardus Carnotensis et ejus sectatores, ut componerent inter Aristotelem et Platonem ; sed eos tarde venisse arbitror et laborasse in
vanum ut reconciliarent mortuos qui, quandiu in vita licuit, dissen-
serunt. » Jean de Salisbury, *Metalogicus*, lib. II, c. 17. Cf. Hauréau,
De la philosophie scolastique, t. I, p. 294 et suiv. — Ce Gilbert de la
Porrée n'est, au dire de M. Rousselot (*Études sur la philosophie au
moyen-âge*, t. I, p. 287), qu'un pauvre écrivain qui ne mérite guère
de fixer l'attention des philosophes. M. Hauréau (*De la philosophie
scolastique*, t. I, p. 313) ne craint pas, au contraire, de le placer
au premier rang parmi les docteurs du XIIe siècle.

2 Ce vers est évidemment altéré. M. Léopold Delisle le lit comme

Decem rerum triplicant (1) hii predicam } en!a
Evertuntur veterum per hos fundam } en!a

67. — Aliter, sed pariter errat (2) Albric } anus
Cujus sortes (3) eger fit si non manet s } anus

je l'ai transcrit. L'*Histoire littéraire de la France*, qui a cité la strophe à laquelle il appartient, a lu, ce que j'aimerais mieux, *geminis* au lieu de *generis*; elle ne fait aucune observation sur ce *genus contenta* que je remplacerais par *manus contenta*; j'aurais ainsi : *Quorum manus creditur geminis contenta*, que je traduirais : « Dont la troupe passe pour se contenter de deux principes ». Cette secte, en effet, reconnaissait la matière et la forme comme les seuls éléments nécessaires pour constituer tout ce qui est. Ha8uréau, *De la philosophie scolastique*, t. I, p. 103. L'abbé Lebeuf, qui a cité dans sa *Notice des différentes sectes des philosophes qui étoient à Paris au XII* siècle *(Dissertations sur l'histoire ecclésiastique et civile de Paris*, t. II, p. 251 et suiv.), les strophes 62-74, écrit ainsi ce vers :

Quorum genus creditur granis contenta ;

ce qui n'a ni queue ni tête. Quant au *Liber sex principiorum* écrit par Gilbert, on sait qu'il n'avait pour but que de commenter les six dernières catégories d'Aristote, sur lesquelles on pensait que le philosophe grec n'avait pas donné des éclaircissements suffisants. Hauréau, *De la philosophie scolastique*, t. I, p. 298.

(1) Gilbert aurait donc triplé le nombre des prédicaments ou catégories reconnus avant lui et de son temps. Peut-être est-ce à cette exagération, qui n'était pas de son goût, que fait allusion Jean de Salisbury, dans le *Metalogicus*, au chap. III du liv. III; ce chapitre, dans l'édition du docteur Giles, est intitulé : « Quæ sit prædicamentorum conceptio et quibus contenta sit sobrietas philosophantium. »

(2) En marge : *De Albricanis*. « Albericus qui inter cæteros opinatissimus dialecticus enitebat, et erat revera nominalis sectæ acerrimus impugnator... Ad omnia scrupulosus, locum quæstionis inveniebat ubique ; ut, quamvis polita, planicies offendiculo non careret... In quæstionibus subtilis et multus. » Jean de Salisbury, *Metalogicus*, lib. II, c. 10. Albéric professait à Paris.

(3) J'ai longtemps cherché ce que ce *sortes* voulait dire, ou par

<blockquote>
Sed quia velociter transit homo v
Etiam dum moritur maneat ins .　} anus
</blockquote>

68. — Herent saxi vertice turbe (1) robert
Saxee duritie vel adamant . . . .
Quos nec rigat pluvia neque ros doctr　} ine
Vetant amnis aditum scopulorum m

quel mot il fallait le remplacer, lorsque je suis tombé sur un passage de la *Bataille des VII Ars*, publiée par M. Jubinal, dans son édition des *OEuvres complètes de Rutebeuf*, où j'ai rencontré ces deux vers :

> Mes Dams Sortes la fit repondre
> Qu'il ne pot pas à toz respondre :

Il s'agit de la Grammaire qui envoie les ignorants apprendre ce qu'ils ne savent pas ; Dams Sortes (*Dominus Sortes*) répond qu'il ne peut pas instruire tous les élèves qui lui sont adressés. Ce Dams Sortes ne serait-il pas un Traité contenant des thèses grammaticales que les argumentants attaquaient ou soutenaient, selon que le *sort* les avait chargés de l'attaque ou de la soutenance ? Ce serait l'opinion de mon savant ami, M. Édélestand Du Méril, à laquelle je ne puis rien faire de mieux que de souscrire. Les trois vers qui terminent la strophe n'en sont pas moins pour moi d'une obscurité désespérante. J'espérais trouver quelque lumière sur cette strophe et sur la précédente dans le ms. 420 ; mais le copiste, qui sans doute voulait comprendre ce qu'il transcrivait, n'entendant rien à tout cela, a cru bon, sans même en prévenir ses lecteurs, de supprimer purement et simplement les strophes 62, 63, 64, 65, 66, 67, 68 et 69.

(1) En marge : *De Robertinis.* Robertus Meludinensis, Robert de Melun, anglais de nation, tenait son surnom de la ville où il avait enseigné. Voyez Jean de Salisbury, *Metalogicus*, lib. II, c. 10. Il était réaliste et désavouait cependant plusieurs des conséquences qui sortaient des principes qu'avec tous les réalistes il admettait, de telle sorte qu'il croyait et ne croyait pas, et ne devait par suite être compté pour rien, *pro nichilo censeri.* Voyez Hauréau, *De la Philosophie scolastique*, t. I, p. 332 et suiv. Il tenait son École sur le sommet du

69. — Isti falsum litigant nichil sequi v
Quamvis tamen ipsimet post hoc abi
Qui de solo nomine fingunt mille f } ere
Igitur pro nichilo licet hos cens

70. — Quidam pontem (1) manibus suis extrux
Et per aquas facilem transitum fec .
In quo sibi singuli domos statu . . . } erunt
Unde pontis incole nomen accep . . .

71. — Decens est materia (2), decens est fig
Cubicorum lapidum subest quadrat
Stat columpnis eneis solida struct } ura
Nullis motionibus unquam ruit . .

mont Ste-Geneviève, *saxi vertice :* sa doctrine, que Jean de Salisbury admire, était, au dire de Godefroi, tout-à-fait inaccessible, *vetant amnis aditum scopulorum minæ,* à cause des difficultés dont ses abords se hérissaient. Un passage de sa *Somme de Théologie,* cité par M. Hauréau (l. l., p. 333, semble nous expliquer, jusqu'à un certain point, comment *d'un seul nom il en faisait mille ;* pour lui les mots *ens. essentia, substantia,* par exemple, ont des significations très-différentes selon le sujet (la créature et le créateur) auquel on les rapporte.

(1. En marge : *De Parvipontanis.* Adam du Petit-Pont enseignait la Grammaire, la Rhétorique, la Dialectique, c'est-à-dire le *Trivium,* prenant partout Aristote pour guide ; il avait écrit un *Ars disserendi* dont le fond était solide, mais dont la rédaction, au point de vue du style, laissait beaucoup à désirer. « Utinam, dit de lui Jean de Salisbury, bene dixisset Adam noster bona quæ dixit ! » Voyez le *Metalogicus,* lib. II, c. 10 ; lib. III, c. 3 ; lib. IV, c. 3.

(2) Ce pont paraît avoir été une œuvre d'art et de luxe bien remarquable pour le temps ; il était pavé, lorsque la ville ne l'était pas encore ; et ses pavés, formant mosaïque, étaient argentés ou dorés : les mots *argenteis, aureis,* ne peuvent pas avoir une autre signification. A la strophe 126, on nous parle d'un *marmor aureum,* qui évidemment ne saurait être que du marbre revêtu de dorure.

72. — Pavimentis desuper opus est pol \
    Aureis, argenteis, signis insign } itum \
    Editis lateribus undique mun . \
    Ne ruinam timeat vulgus imper

73. — Sed et (1) habet exedras per quas specul \
    Et latentem fluminis fundum perscrut \
    Alii natatibus quoque delect . . . . . } antur \
    Et estivis solibus usti recre . . . . . .

74. — Venerandus sedet hic ordo seni \
    Et doctrine gratia prominens et m \
    Simplices erudiunt turbas popul \
    O beatus populus talium rect .

75. — Tullius rhetorice presidet flu . \
    Flosculorum variis vernans ornam } entis \
    Dat accessus faciles suis docum \
    Comparabit cetera studium (2) dic

76. — Ipse virgam manibus bajulat pot \
    Quinis internodiis (3) in se differ } entem \
    Variis coloribus passim renit . . \
    Hac extinctum revocat, enecat viv

(1) L'abbé Lebeuf écrit *sex* au lieu de *sed et* ; le vers est ainsi trop court d'une syllabe.

(2) C'est *discentis*, je crois, qu'il faut rétablir ici ; le maître commence, par son enseignement, à donner les connaissances que l'élève (*discens*, celui qui apprend) achève d'acquérir par ses études personnelles.

(3) Ces cinq divisions, *internodia*, que présente la baguette magique, dont Cicéron use pour ressusciter les morts et faire mourir les vivants, sont sans doute celles que la rhétorique reconnait, à savoir : *Inventio*,

77. — Est et Aristoteles aquis hic vic . . ⎫
    Et a greco didicit eloqui lat . . . ⎬ inus
    Adest et Ermagoras (1), sed attente m ⎪
    Unde visus Tullio quasi peregr . . ⎭

Dispositio, *Elocutio*, *Memoria*, *Pronunciatio.* Voyez Martianus Capella, lib. **V**, § 442, et Cicéron lui-même, *De inventione*, lib. **I**, c. 7,
et *De oratore*, lib. **I**, c. 31. Quintilien (*Institutiones oratoriæ*, lib.
III, c. 3) en cite davantage ; d'autres, comme Sulpitius Victor (Pi-
thoeus, *Rhetorica*, p. 242), n'en admettent que trois : *Intellectio*,
Inventio, *Dispositio.*

(1) Entre les rhéteurs qui tinrent des Écoles à Rome sous Auguste
et sous Tibère, on nomme un Hermagoras, de Tomnos, en Éolie,
qu'il ne faut pas confondre avec un autre du même nom qu'on nous
donne comme un des maîtres de Cicéron. Le premier, qui est vraisemblablement le nôtre, traitait Cicéron d'ignorant et de mauvais écrivain.
Voyez F. Schœll, *Histoire abrégée de la littérature romaine*, t. II,
p. 395. — C'est de cet Hermagoras, selon toute vraisemblance, plutôt
que de son maître que Cicéron, dans son livre *De inventione*, lib. I,
c. 9, rappelle et relève avec humeur une opinion qu'il traite d'*erreur
grossière, non mediocre peccatum.* Quintilien le mentionne avec éloge :
« Vir subtilis, et in plurimis admirandus, tantum diligentiæ nimium
sollicitæ, ut ipsa ejus reprehensio laude aliqua non indigna sit. »
Institut. orat., lib. III, c. 11. Il n'est pas si bien traité dans le *Dia-
logus de Oratoribus*, si longtemps attribué à Tacite, où (c. 19) ses
livres, ainsi que ceux d'Apollodore, sont jugés comme étant d'une
aridité extrême : *aridissimis Hermagoræ et Apollodori libris.* Il est
cité par Martianus Capella, lib. **V**, §§ 444 et 453 ; par Isidore de
Séville (*Origin.*, lib. II, c. 2), qui le place à côté de Gorgias et d'Aristote parmi les inventeurs de la rhétorique ; par Jean de Salisbury,
Polycraticus, lib. VII, c. 12, et dans un Chant sur Aquilée, publié
par M. Éd. Du Méril, *Poésies populaires latines antérieures au XIIe
siècle*, p. 261. Voyez G. Bernhardy, *Gundriss der römischen litteratur*,
p. 791, 794 et 795, et surtout la monographie dans laquelle Piderit a
recueilli, en 1839, tout ce qu'on en peut savoir.

4

78. — Assunt multi rhetores ; assunt orat
    Doctiores illi sunt , isti prompti
    Omnes viri strenui viri bellat .   } ores
    Circumcisi labiis , mente seni .

79. — At secundum brachium duum brachi
    Que jam predistinximus, duo fundit qu
    Sursum tendit alterum (1), quod theoric   } orum
    Alterum declivius , quod est practic

80. — Quod in altum nititur labitur qui . .
    Cujus aque munde sunt , semite secr
    His insistunt quibus sunt res mundane spr   } ete
    Quibus celi sepius exceduntur m . . . .

81. — Namque caput altius fert theolog
    Et ad Deum pervenit celsiore v
    Per hanc soli celibes enituntur, qu   } ia
    Rara sapientia veraque soph . .

82. — Ista quidem ceteris prior dignit
    Que discendi serie secus ordin
    Nam discendum ceteras pro capacit   } ate
    Hec perfectis convenit in extremit

83. — Reliquum (2) theorice fert per orbem c
    Penetrando quidquid est deorsum vel s
    Nunc sub terras mergitur, nunc emergit r   } ursum
    Phisicorum studiis nil est imperc . .

(1) Le *Microcosmus*, qui expose le même fait dans les mêmes termes (au folio 23 v°), s'émeut à cette singularité : un fleuve qui monte ! Il ait précéder le *sursum tendit* des mots : *mirabile dictu !*

(2) En marge : *De physica.*

84. — Ab his latens penitus promitur nat ⎫
    Dum rimantur singula vigilante c ⎬ ura
    Unde Phebi radius, Phebe sit obsc ⎪
    Unde mare tumeat, tremat tellus d ⎭

85. — Medio matheseos (1) fluvius vag ⎫
    Cujus aqua ceteris sepe soci . . ⎬ atur
    Qui dum per meandrios lusus spati ⎪
    Figurarum flexibus mille figur ⎭

86. — Hujus quoque fluminis partes sunt bis b ⎫
    Quas vulgus quadrivium nominat lat ⎬ ine
    Nomen hoc sortite sunt iste discipl ⎪
    Uno (2) quod initio coeunt et f . . ⎭

87. — Ex his primus alveus (3) plenus calcul ⎫
    Inter quos it murmurans lapsus fluent ⎬ orum
    Ut nec queas tollere plenum vas liqu ⎪
    Nisi simul haurias aliquos e . . . . ⎭

88. — Assessores varios habet rivus . . . . . ⎫ iste
    Nam ludentes calculis assunt (4) compot ⎭

---

(1) En marge : *De mathematica.*

(2) Le *quadrivium* est un carrefour où quatre chemins aboutissent et d'où on peut dire aussi qu'ils partent : *uno initio coeunt et fine.*

(3) En marge : *De Arismetica.* — Ce mot est très-fréquemment orthographié de cette manière ; la prononciation anglaise du *th* n'y serait-elle pas pour quelque chose ?

(4) *Computus, compotus,* compte ; d'où *compotista,* « Qui docet compotum, vel qui vacat compoto. » Ducange, t. II, p. 505, col. 3.

Aggregant, multiplicant, duplant (1) algor ⎫
Summam tractat fenoris incubator (2) c ⎭ iste

89. — Calculosus (3) etiam , sed magis prof ⎫
Cum canoro strepitu labitur sec . . ⎪
Gustu delectabilis , murmure joc . . ⎬ undus
Armoniam resonat qualem sonat (4) m ⎭

90. — Consoni , sed dispares hinc resultant s ⎫
Blanda semitonia (5) , graviores t . ⎪
Et dum queque consona sunt proporti ⎬ oni
Nichil par organice modulati . . . . ⎭

(1) « Algorista , supputandi et calculandi peritus. — Algorismus ,
Arithmetica, numerandi ars , Hispanis *Alguarismo* , vox arabica. »
Ducange, t. I, p. 180. — Voyez dans le *Rara mathematica* , édit.
Halliwell, le *Tractatus de arte numerandi* (p. 1-26) , et le *Carmen
de algorismo* (p. 73-83). Cf. Thomas Wright, *On the abacus,* dans
The Journal of the British Archæological Association, april 1846,
p. 64-72. Voyez encore l'abbé Lebeuf, *Dissertations sur l'histoire
ecclésiastique et civile de Paris,* t. II, p. 89-95.

(2) *Incubator ciste,* celui qui se couche sur son coffre-fort, qui couve
l'or qu'il y renferme, l'usurier, le banquier.

(3) En marge : *De musica.*

(4) Allusion, je suppose , à cette musique des sphères célestes, sur
laquelle on a tant écrit. Je me contenterai, ne pouvant citer tous les
auteurs qui s'en sont occupés, de renvoyer à Macrobe : *Comment. in
Somn. Scip.,* lib. II, c. 1 et sqq.

(5) « Semitonium vocaverunt sonum tono minorem; quem tam parvo
distare a tono deprehensum est, quantum hi duo numeri inter se
distant, id est, ducenta quadraginta tria, et ducenta quinquaginta
sex. » Macrobe, l. l., c. 1.

91. — Illic dyapenticas (1) dat sesqualter (2) v ⎞
    Dyathessaronicas (3) epytrite d . . ⎟ oces
    Per duplas dyapason (4) cursitat vel ⎟
    Hinc mansuescunt animi quamlibet fer ⎠

92. — Assident qui fidibus canunt cythar ⎞
    Atque gressum faciunt molliorem ⎟ edi
    Saltant leves satiri, saltant et com ⎟
    Coturnati gravius ambulant trag ⎠

93. — Tercius (5) pertransiens valles et mont ⎞
    Dimetitur quelibet alta, longa, pl ⎟ ana
    Nichil diligentia preterit hum . . . . ⎟
    Investigat etiam spatia mund . . . . ⎠

94. — Cerneres in sabulo varias pict ⎞
    Infinitis ductiles lineis fig . . . . ⎟ uras
    Circulos, triangulos atque quadrat ⎟
    Quibus adinveniunt omnium mens ⎠

(1) « Alia symphonia quinaria est, et dicitur διὰ πέντε, atque constat sonis quinque, qui inter se quatuor spatiis dividuntur. » Martianus Capella, édit. Kopp, lib. IX, § 934.

(2) *Sesqualter* pour *sesquialter*; nombre qui en contient un autre une fois et demie.— « *Sesquialtera* proportio in arithmetica, *diapente* vocatur in musica. » Martianus Capella, lib. I, § 11, en note.

(3) « Tres ad quatuor *epitritus* vocitatur arithmetica ratione, ac *dialessaron* perhibetur in musicis. » Martianus Capella, lib. II, § 107.

(4) « *Diapason* sonos habet octo, spatia septem, tonos sex. » Martianus Capella, lib. IX, § 951. — Cf., pour plus d'éclaircissements relativement à tous ces termes de la langue musicale des anciens, Boëce, *De musica*, édit. de Basle, 1570, p. 1371 et s. — Cf. Macrobe, *Comment. in Somn. Scip.*, lib. II, c. 1.

(5) En marge : *De geometria.*

95. — Investigant alii metas circul . .
    Quis lunaris ambitus, quis sit ali
    Dividunt Egyptii limites agr . . . } orum
    Sciunt magnitudines omnium loc

96. — Quartus (1) autem volvitur flexu circul
    Et nunc mundum sequitur motu raptus p
    Nunc conjunctus ambulat orbite sol . . } ari
    Cum planetis etiam solet evag . . . . .

97 — Hic quadruvialium maximus riv
    Cunctas in se recipit aquas ali
    Yalina (2) renitet facie cel . . . } orum
    Fulget instar luminum celis infix

98. — Numerosus populus sedet ad hoc fl
    Inexpleto lumine spectans celi l
    Et dum sursum dirigunt luminis ac } umen
    Ratio convertitur ad celi vol . .

99. — Haustus hujus aperit futurorum c .
    Raris notas mentibus, cunctis fere cl
    O beatas animas sequi celos . . . . } ausas
    O longe beatior que in celo p . . .

100. — Porro rivus practice (3) quem fons dictus cr
    Vergens in planiciem tripertitus (4) m
    Huc ardenti studio bibiturus . . . . . } eat
    Honestatis tramitem quisquis ire qu .

(1) En marge : *De astronomia.*

(2) *Hyalina*, transparente, azurée : « Aeris ecce color, tum quum sine nubibus aer. » Ovide, *De arte amandi*, III, 173.

(3) En marge : *De practica.*

(4) Ces trois branches de la *pratique* sont : l'*Ethica*, l'*Echonomica*, la *Politica*.

101 — Honestatis (1) tramitem recte studet)
    Qui se pulchris moribus novit insign (ire
    Qui suam familiam (2) volet erud (
    Qui subjectum populum (3) didicit pre

102. — Plurimus (4) hic assidet veterum vir)
    Cetus venerabilis honestate m . . . (orum
    Socrates moralium summus precept (
    Verbo , vita corrigit mores ali . .

103. — Nostris ut temporibus propius acc)
    Quid tibi de Senece documentis . (edam
    Seneca Lucilio commendavit qu . (
    Que vix Evangelio postponenda (5) cr

104. — Assident et alii quos ecclesi . .)
    Reges fecit probitas , duces anim (arum
    Seculares etiam principes terr (
    Curam gerunt gentium sibi subject

(1) En marge : *Ethica.*
(2) En marge : *Echonomica.*
(3) En marge : *Politica.*
(4) En marge : *De magistris practice.*
(5) Voyez pour ce vers ce que nous en avons dit dans notre Introduction, p. 17. Le *Microcosmus* met plus de réserve dans l'expression de l'admiration qu'il professe pour les moralistes païens ; il exalte aussi, comme *moralium preceptorum doctores vel observatores,* Socrate, Platon et beaucoup d'autres : « Seneca quoque junior his, sed sublimior in his, ita ut etiam quibusdam nostris mirabilis esset. » Mais il met une restriction à ces éloges déjà bien mitigés : « Omnes quidem in vita sua quasi odorifera poma longe lateque redolentia fuerunt ; sed nunc ut aromatum fumus evanuerunt » f° 23 r°. — Jean de Salisbury, après avoir cité à l'appui de son opinion sur les avantages de la frugalité Zénon, Socrate, Platon et Aristote : « Sed quia, ajoute-t-il, hæc pervetusta

105.—Omnes ergo rivuli surgunt uno f ⎫
    Quos manare diximus a predicto m ⎪
    Huc ascendens constiti memorato p ⎬ onte
    Illo cujus veneram ductu pree . . ⎭

106.—Et jam nata primitus amore soph ⎫
    Aucta sitis fuerat de labore v. . ⎪
    Tunc dux meus Spiritus me respexit p ⎬ ie
    Atque potu gratie sum refectus (1) d ⎭

107.—Nec contentus poculo fluminis un ⎫
    Fontis desiderio fervui toc . . . . ⎪
    Prima tamen quelibet attemptavi pr ⎬ ius
    Quia sic admonuit me dux meus p ⎭

108.—Hic ex prima (2) trivii derivati ⎫
    Didici de littera, sillaba, serm ⎪
    Propria vel tropica (3) de locuti ⎬ one
    De cavendis vitiis in orati . . . ⎭

109.—De secunda (4) didici que sit via v ⎫
    Quibus locis, regulis, argumentis qu ⎪
    Quibus modis falsitas debeat arc ⎬ eri
    Quo modo sophismatum devia cav ⎭

sunt nomina aut eorum non sunt præcepta celebria, vel Seneca noster audiatur, qui eam tantis laudibus effert. » *Polycraticus*, lib. VIII, c. 13.

(1) *Die, divinæ*, la grâce divine.

(2) La Grammaire.

(3) Les mots pris au sens propre, *propria* ; ou au sens figuré, métaphorique, *tropica*.

(4) La Dialectique.

110. — At effectus tercii (1) fluminis sunt m
Inde michi cor et os est collatum v
Lingua prius rustica cepit expol . . .
Quid justum, quid utile, quid honestum sc

    iri

111. — Sic ad sapientie (2) studia sucer .
Nec , dum de quadruvio liberem , qui
Sed de primo (3) fluminum quatuor in br
Hausi , de quo mihi vas calculis impl

    evi

112. — Ad secundum (4) fateor mora longi
Armonie modulo teneor son . .
Hinc experientia disco certi . .
Animas in musico conditas can

    ore

(1) La Rhétorique.

(2) Voyez *supra* strophe 15, note 2.

(3) L'Arithmétique. Lorsque, dans Martianus Capella (lib. VII, § 730), l'Arithmétique se présente devant les Dieux assemblés, elle s'exprime en ces termes : « Non ignota cœlo, nec rebus mundanis ignorata, quas genui, adveni super vestrum quidem nihil dedignata concilium, quamvis singulos vos universosque recenseam ex meis ramalibus germinare ; tuque potissimum , quem principalis ante cunctas procreavit emissio, tuæ singularis primigeniæque naturæ fontem, Jupiter, recognosce ; . . . . . Quæ quum in terris exerceor, astrorum populus recognoscat honorandam suæ multitudinis genitricem. » — Selon Platon (Voyez l'*Epinomis*, édit. Ruhnken, t. VI, p. 482), l'Arithmétique est un don de Dieu ; on ne peut être sans elle ni sage, ni intelligent, ni vertueux. Cf. Théon de Smyrne, *Mathematica*, c. 1 , édit. Ismael Bulliard ; Paris, 1644, p. 8, 9 et 207.

(4) La Musique. En marge : *Nota animam humanam in musicis proportionibus creatam.* — « Hinc Plato, postquam et Pythagoricæ successione doctrinæ et ingenii proprii divina profunditate cognovit, nullam esse posse sine his numeris jugabilem competentiam, in *Timæo*

113. — Ut gustavi tercii (1) fluminis sap ⎫
    Terre globum sexies luna grossi ⎪
    Sole tamen occies didici min . . . ⎬ orem
    Que subtilem plurima docent conject ⎭

114. — Porro quarti (2) fluminis ut gustavi p ⎫
    Ire celis obvium planetalem m . . ⎪
    Didici, misterium cujus ut est n ⎬ otum
    Illi me pro viribus confirmavi t . ⎭

115. — Homo microcosmus est, idem minor m ⎫
    Ut planeta carnis est motus errab ⎪
    Contra carnem spiritus tendit luctab ⎬ undus
    Nam frenandus carnis est ambitus imm ⎭

116. — Hic ad aquas phisice cum fuisset v ⎫
    Rerum causas ceperam bibere lat . . ⎪
    Nec implebar, longior ars est et inv ⎬ entum
    Vita brevis, fallax est (3) et experim ⎭

suo mundi animam per istorum numerorum contextionem ineffabili providentia Dei fabricatoris instituit. » Macrobe, *Comment. in Somn. Scip.*, lib. II, c. 2.

(1) La Géométrie. En marge : *Nota solem octies majorem terra, sed quadragies octies luna.* — La terre n'est pas 6 fois, mais 49 fois plus grosse que la lune; elle n'est pas 8 fois, mais 1,300,000 fois plus petite que le soleil. Plutarque nous donne sur la grandeur du soleil et de la lune l'opinion de plusieurs anciens astronomes dans le *De placitis philosophorum*, lib. II, c. 21 et 26. Voyez encore Macrobe, *Comment. in Somn. Scip.*, lib. I, c. 20. — « Sachiez, dit Brunetto Latini (*Li Tresors*, liv. I, part. III, ch. 106), que li solaus est graindres que toute la terre 166 fois et 3 vinteines. »

(2) L'Astronomie. Ici, comme dans tous les écrivains du moyen-âge, l'Astronomie et la Géométrie semblent se confondre sur plus d'un point.

(3) C'est le premier des Aphorismes d'Hippocrate; les traductions

117.—Tunc ad summam denique me philosoph
    Verti , theologicam scilicet soph . . . .
    Cujus ut dulcedinem prelibavi d . . . .
    Dixi : nullam poculis his impono (1) br
                  } iam

118.—Ebriabor fluminis hujus haustu s
    Quoad vivam penitus hinc avelli n
    Hec bibendi meta sit et vivendi v
    Licet summo plenius ebibatur p
                  } olo

119.—Nam de summo profluens ad nos deriv
    Et viator ambulans ne premori . .
    Interim viaticum fesso ministr . . .
    Hic eo reficior , illic ero s . . . .
                  } atur

120.—Ista modis quatuor (2) variatur
    Modo transvadabilis, modo fit prof
    Nunc sapore gratior, dulcis et joc
    Nunc in altum refluit quo est ori
                  } unda

latines nous le présentent ainsi : « Vita brevis, ars longa, occasio præceps, experientia fallax, judicium difficile. »

(1) *Bria* : c'est une espèce de vase, servant de mesure ; εἶδος ἀγγείου, selon Joann. de Janua, *Glossar. latino-græc.*

(2) En marge : *Quatuor modi intelligendi sacram scripturam : historice, allegorice, tropologice, analogice.* « Quatuor sunt regulæ scripturarum, quibus quasi quibusdam rotis volvitur omnis sacra pagina; hoc est: Historia, quæ res gestas loquitur; Allegoria , in qua ex alio aliud intelligitur : Tropologia, id est moralis locutio, in qua de moribus componendis ordinandisque tractatur ; Anagoge , spiritualis scilicet intellectus, per quem de summis et cœlestibus tractaturi ad superiora ducimur. Verbi gratia : Hierusalem, secundum Historiam, civitas est quædam; secundum Allegoriam, Sanctam Ecclesiam significans ; secundum Tropologiam, id est moralitatem, anima fidelis cujuslibet qui ad visionem pacis æternæ anhelat ;

121.—Planior ystoria levis transvad .
    Sed allegoria vix valet enat . .
    Sapida moralitas utilis pot . . .
    Anagoge respuit terris immor
    ari

122.—Hic inveni practice rivos clari
    Cujus sunt et omnibus socii liqu
    Sed cum sint in aliis turbulenti
    Perlucenti vitro sunt hic lucidi
    ores

123.—Nempe viri celibes emuli virt . . . .
    Genus omni genere criminis ex . . . .
    Per quos flumen istud est circumquaque t
    Omne fedum removent diluuntque l .
    utum

124.—Ethica nil sordidum , nichil inhon
    Nil hic habet optimis moribus inf
    Nichil echonomica domui mol .
    Exibet politica principem mod .
    estum

125.—Est ad hujus fluminis (1) alveum fund
    Inclita Jerusalem civitas be . . . .
    Vivis et lapidibus urbs edific . . .
    Septa muris , aggere nobili vall . .
    ata

126.—Urbs decora menibus, edibus turr
    Et plateis aureo marmore pol .
    Porte cujus fulgidis nitent margar
    Plurima lapidibus tunsione (2) tr
    itis

secundum Anagogen , cœlestium civium vitam, qui Deum Deorum facie revelata in Sion vident, signat. » Guibert de Nogent, *Opera omnia*, p. 4, col. 2, B. Voyez ma *Biographie de saint Anselme*, 2ᵉ partie, note 122.

(1) En marge : *Ecclesiam theologicis niti institutis.*

(2) *Tunsione tritis*, polies par le frottement. Ce mot se trouve dans

127. — Angulari lapidi (1) nititur struct . .
    Cujus est mirabilis novaque fig . .
    Quadra volubilitas (2), volvens quadrat   ura
    Qualem nec invenit ars, neque scit nat

128. — Sola talem gratia fecit et pot . .
    Ejus cujus bonitas par est et maj
    Cujus posse nulla vis frangit nec eg   estas
    Velle non obnubilat animi temp .

129. — Justus, pius, fortis est urbis hujus r
    Singulorum meriti providus insp .
    Civium fidelium pater et prov . .   ector
    Et adversus impetus hostium prot

130. — Sunt in ea principes viri glori
    Generose sobolis patres gener .
    Rerum spiritalium (3) locupletes   osi
    Inter illos mei pars fiat erumpn

le *Polycraticus* (lib. VIII, c. 24), où il signifie, à ce qu'il semble, *ébranlement, agitation, affliction :* « Primus liber *Æneidos*, sub imagine naufragii, manifestas infantiæ, quæ suis procellis agitatur, exponit tunsiones. » — Ici, la description de la ville céleste a tellement ému le copiste que ce n'est pas, comme partout ailleurs, par de simples lignes, mais par des rangées de perles, qu'il a uni au corps de la strophe les syllabes finales des quatre vers. En marge : *Qualis sit Ecclesia.*

(1) Allusion à saint Pierre : « Tu es pierre, et sur cette pierre j'édifierai mon Église. » *Évangile selon saint Matthieu,* c. XVI, v. 18.

(2) Est-ce des quatre évangélistes que notre poète veut ici parler ? Il n'y a rien en marge qui nous puisse aider à le bien comprendre.

(3) Je lis ici *spiritalium,* comme l'a très-bien écrit le ms. 420. Le copiste avait d'abord écrit : *spiritualium;* en corrigeant sa première transcription, il a par mégarde écrit *specialium;* c'est du moins

131. —Omnis hujus urbis est populus el
De diversis gentibus undique (1) coll
Moribus eximius, vita simplex, r
Omnis sapientie gratia perf . . . . } ectus

132. — Labitur per medium civitatis r . . .
Nullo quidem strepitu, sed effectu v
Omnis efficaciter morbi sanat . . .
Et ipsius etiam mortis expuls . . } ivus

133. — Quod si forte quemlibet hic contingat in
Prevalente nimium morbo forti . . . .
Hujus medicaminis usu longi . . . . .
Reviviscit iterum (2) vite meli . . . . } ori

134. — Nullus prorsus mortuus (3) hic durare v
Quia si quis animam moriens ex .
Aut hac ope spiritu revocato c . .
Aut cadaver longius factum corvos } alet

ce que M. Léopold Delisle m'affirme, et il ne peut se tromper. — *Locupletes osi* n'a pas de sens. Faut-il lire *locupletes pl osi*, riches applaudis, ou *pr osi*, riches qui ont gagné honorablement leurs richesses ; *prosus* et *prorsus*, qui va en ligne droite ? J'aimerais mieux : *Sunt locuplct osi.* Le ms. est gratté ici, comme en beaucoup d'autres endroits, où le copiste a éprouvé quelqu'embarras pour sa transcription.

(1) En marge : *Quod gratia divina communis est omnibus.* « D'où lui viennent de tous côtés, Ces enfants qu'en son sein elle n'a point portés? » Racine, *Athalie*, act. III, sc. 8.

(2) En marge : *Quod per custodiam Dei mandatorum peccatores fiunt justi.*

(3) En marge : *Quod nullus in mortali peccato membrum est Ecclesie.*

135. — Ripas hujus fluminis equa sors dig
  In hanc enim veterum populus sec
  Pars adversa populo juniori e . . essit
  Mediusque fluminis cursus (1) interc

136. — Qui cum, sicut diximus, sit (2) quadripert
  Veteres hystoria plus informat r . . .
  Et ob hoc ad alterum magis vergit l . itus
  Nobis est vicinior modus tripert . . .

137. — Hinc et inde civitas una solet qu
  Una lingua , populus unus est et
  Uni regi militant per eandem f . idem
  Sed diversis ritibus dissident jam pr

138. — Hinc videres veteres cerimoni .
  Ritus , Scenophegie (3), Neomeni
  Templis occumbentium cedes hosti arum
  Sanguine crepidines sordidas ar

139. — Strident in craticulis bovis intest
  Olent in altaribus viscera capr
  Et dum pinguis ignibus liquefit arv ina
  Nidor implet area velut in pop

(1) En marge : *Divisos esse ritus veteris et novi testamenti, sed non adversos.*

(2) En marge : *Nota historiam ad vetus testamentum, religionis tres modos ad novum magis pertinere testamentum.* Voy. plus haut strophe 120, note 2.

(3) *Scenopegia, iorum ,* de σκηνοπηγέω , dresser des tentes, fête des tabernacles chez les Hébreux. Voyez le *Deutéronome,* ch. xvi, et l'*Exode,* ch. xxv et suiv. — Pour les *Néoménies ,* premier jour de la lune ou du mois, voyez le *Lévitique,* ch. xxiii , vers. 7, 24, 35, 40 ; les *Nombres,* ch. xxviii , vers. 11, etc., etc. Cf., pour les Νουμηνία des Grecs, Meursius, *Græcia feriata,* lib. V.

140.—Fert sacerdos carnifex arma pro flag
    Et securi pecudem ferit aut cult . .
    Victimas eviscerat velud (1) in mac   ello
    Amputat preputium partui ten . .

141.—Sed quis plus et alii ritus adhuc m
    Hujus partis populo quondam sunt ind
    Ut exterioribus usibus exc . . . . .   ulti
    Discerent misterii latebras occ . . .

142.—Et hec quidem portio civibus repl
    Multis, et potentia magnatorum fr
    Patriarcha, judex, rex, hic est et proph   eta
    Sed absente domino non videtur l

143.— Partis hujus (2) Moyses presidet a fr . .
    Quinque tenens hydrias (3) quas in summo m
    Adimplevit fluminis ex ipsius f . . . . .   onte
    Omni potum tribuens accedenti sp . . . .

144.—Juxta sedet Josue judices que e
    In eodem populo potestate f . .
    Assunt et judicibus e vicino j   uncti
    Non in toto, sed in hac parte reges

(1) Le *t* et le *d* s'échangent fréquemment dans les mss. ; le mot *velut* en particulier est très-souvent ainsi orthographié ; c'est à la prononciation allemande que sans doute est due la substitution du *d* au *t*, qui ne se distinguent en rien dans une bouche et pour une oreille germaniques.

(2) En marge : *Qui sint autores librorum veteris testamenti.*

(3) *Hydria,* ὑδρία, aiguière, cruche. — *Quinque hydrias,* le *Pentateuque;* en marge : *Quinque libri Moysi* (sic).

145. —Sedent eminentius inter optim \
Duo reges incliti principum prim \
Alter pater, filius alter, ambo v } ates \
Ornant celsis moribus suas dignit

146. — Hii David et Salomon, quorum prior (1) D \
Unum vas de flumine nobis propin . \
Quo non unum dulcius quisquam ministr } avit \
Universos homines inde recre . . . . .

147. —Bibunt hoc et ebibunt, nec evacu \
Ebibens et rebibens non fit inde s \
Repetendo decies nunquam fatig } atur \
Repeticionibus semper renov . .

148. —Ipsam sapientiam vasculis in (2) tr . \
Fert honustus Salomon, haustis plene qu \
Omnis queat refici populus et tr . . . } ibus \
Cum sint plenus anime potus atque c .

149. —·Ceteri qui judices inter hos fu . . . . \
Sive reges vascula singuli non f . . . \
Simul unum judices (3) omnes implev } erunt \
Unum reges (4), pocula dantes his qui qu

(1) *Davit* est, je pense, pour *David*, par la raison que j'en ai indiquée ci-dessus, strophe 140, note 1. La licence n'en paraît pas moins un peu forte. Ajoutons, comme circonstance atténuante, que le *d* final de *David* ne se faisait sentir dans la prononciation que devant une voyelle, et alors il figurait nécessairement à la fin du mot ; ainsi, dans le *Bestiaire* de Philippe de Thaun, v. 1414 (édit. Th. Wright), l'auteur écrira « e David e Samsun » ; ailleurs, aux vers 252 et 546, ce sera *Davi*, le mot suivant commençant par une consonne.

(2) En marge : *Paraboles, Ecclesiastes, Cantica Canticorum :* c'est-à-dire les Proverbes, l'Ecclésiaste, le Cantique des Cantiques.

(3) En marge : *Liber judicum.*

(4) En marge : *Liber regum.*

150. —His permixti resident summi sacerd   \
     Aaron et filii sui vel nep . . . . . |
     Hic prophetas etiam numerare p .   > otes
     Poculorum bajulos que libenter (1) p   /

151 —Quatuor pre ceteris pollent : Ysa   \
    Daniel, Ezechiel atque Jerem . |
    Alii duodecim (2) quorum prophet   > ias
    Credidit Ecclesia veritatis v . . .   /

152. — Ad temptandum sanctus (3) Job Satane rel   \
      Fert amarum poculum graviter affl . . |
      Sed dum gaudens excipit ferientis . .   > ictus
      Adjuvante Domino permanet inv . . .   /

153. —Esdras scriba sapiens replet univ   \
     Singulorum vascula funditus ev |
     Omnia resarciens scriptaque perv   > ersa
     Hominum nequitia fuerant (4) disp   /

154. — Citra flumen penitus non est consuet   \
      Cruentate victime , nec cruore cr . . . |
      Delectantur ; regnat hic sola pulchrit   > udo
      Nam presentem Dominum decet (5) sanctit   /

(1) *Que libenter potes ;* que tu boirais avec plaisir.

(2) En marge : *Quatuor principales prophete. Duodecim minores.*

(3) C'est aussi la qualification que lui donne Jean de Salisbury (*Polycraticus,* lib. II, c. 22) : *Apud sanctum Job.* Les Pères de l'Église disent plus ordinairement *beatus Job.* Le Commentaire de saint Grégoire est intitulé : *Libri moralium sive expositio in librum beati Job.* Job est livré à Satan pour être tenté, *ad temptandum.* Voyez le livre qui porte son nom, c. 1, et pour ce qui suit , tout le reste.

(4) En marge : *Liber Esdre. Hesdras qui veterem bibliothecam destructam reparavit.*

(5) En marge : *De novo testamento et consuetudine ecclesiastica.*

155.— Sanctus, mundus, innocens, et immacul \
    Sacerdotum cuneus stipat are 1 . . . \
    Panem vivum consecrans qui de celo d   atus
    Ordine Melchisedech (1), talis Deo gr

156.— Ara cordis hostiis placant Deum n \
    Capram cedunt vitio trucidato qu \
    Servant innocentiam , vere munus   ovis
    Opus forte peragunt holocaustum (2) b

157.— Amans ipse Dominus celibatum t \
    Aulam sibi statuit inter hos reg \
    Exibet presentiam suam (3) corpor   alem
    Se communem faciens cunctis et sod

158.— Nati mater, filia patris , stat reg \
    Juncta regis dextere , meritis vic \
    Singulari facie , specie div . . .   ina
    Delicato corpore, mente columb

159.— Rex vallatus militum multa legi . \
    Pro se decertantibus adest in ag . \
    At reginam virgines (4) ambiunt cor   one
    Collaudantes Dominam nova canti

(1) En marge: *De sacrificio altaris.* — « Tu es sacerdos æternum secundum ordinem Melchisedech. » *Psalm.* cix, vers. 4.

(2) En marge : *De spirituali hostia cordis. Nota veteres cerimonias spiritualiter adhuc observari.*

(3) En marge : *De corporali presentia Domini.*

(4) Peut-être faudrait-il lire ici *virginum.* — *Des couronnes vierges,* pour *des couronnes de vierges,* peut encore se dire. Le ms. 420 écrit : « At reginam virgines ambitu coronæ, » ce qui ne fait aucun sens.

160. — Quidam (1) magis alveo fluminis acc ⎫
    Et se totos studiis veritatis d . . ⎬ edunt
    Nichil mundialium sibi dulce cr . ⎪
    Contemplantis aciem rerum turbe (2) l ⎭

161. — In his primi quatuor sunt evangel ⎫
    Tibi testimonium perhibentes , Cr ⎬ iste
    Vasa ferunt fluvius que fecundat ⎪
    Unde tui sepius bibunt agon . . ⎭

162. — Hinc Matheus perhibet ortum Christi pr ⎫
    Et a Marcho plurima sacramenta sc . ⎬ imus
    Sursum Luca previo de terrenis . . . ⎪
    It Johannes usquequo prosequi nequ ⎭

163. — Hic unius vasculi prestita mens ⎫
    Adicit et aliud (3) non minore c ⎬ ura
    Cui revelat plurima Spiritus obsc ⎪
    Sive jam preterita , sive post fut ⎭

164. — Adjuvat et tercium (4) plene vos inf ⎫
    Cujus potus dulcis est latices joc ⎬ undi
    Petri , Jude , Jacobi sanctitate m ⎪
    Sed istius amplius studio prof . . ⎭

(1) En marge : *De auctoribus librorum novi testamenti.*

(2) « La multitude des choses mondaines émousse le regard de celui qui contemple les choses d'en haut. »

(3) En marge : *Apocalipsis.*

(4) En marge : *Canonice Epistole.* — Ces Épîtres sont au nombre de trois. — Il y en a aussi trois de saint Pierre, une de saint Jude et une de saint Jacques.

165. — Ipse Lucas etiam duo vasa (1) g . .
Tueque, Theophile, sanctitati pr . .
Actus apostolicos mundo manif . . . .
Paulum Christo sociat quem Saulus (2) inf

   } estat

166. — Sed[et] Paulus (3) pocula portat vase pl
Cuilibet obstantia morbo vel ven . .
Pandit nunc eloquio mistica ser . .
Nunc refrenat vicia morum verbi fr

   } eno

167. — Quidam viri strenui (4), viri vener
Fluminis per medium structo ponte gr
Viam transeuntibus sategere p . . .
Unde mos pontifices (5) illos appell

   } andi

168. — Singuli contiguas illic habent . .
Et pro suis meritis suas quisque s
Applicat se populus ad eorum p
Partis utriuslibet unum ritum cr

   } edes

(1) En marge : *Evangelium Luce et Actus Apostolorum.* — Les Actes des Apôtres, attribués ici à saint Luc, sont adressés à Théophile. Voy. ch. 1, vers. 1.

(2) On sait que sous le nom de Saül, saint Paul commença par *persécuter à outrance l'Église de Dieu.* Voyez son *Épître aux Galates,* ch. i, vers. 13, et les *Actes des Apôtres,* ch. vii, viii et ix.

(3) En marge : *Epistole Pauli.* J'ai ajouté *et* pour la mesure. Je ne crois pas que le poète ait, dans cette strophe, fait de *Paulus* un trisyllabe, après n'en avoir fait qu'un disyllabe dans la strophe qui précède.

(4) En marge : *De doctoribus et expositoribus sacre scripture.*

(5) « Hospitalarii pontifices nuncupantur interdum *fratres pontis,* quod ex Instituto suo pontes construerent. » Ducange, v° PONTIFEX. Voyez mes *Leçons de philosophie sociale,* 1ʳᵉ leçon, p. 7.

169. — Per hos sibi convenit olim gens inf
     Per hos est profunditas fluminis em
     Et ex aquis nubila tenebrarum d } ensa
     Horum nobis expulit labor et imp

170. — Sunt permulti siquidem pontis extruct
     Quorum computatio vix enarrat . .
     Inveniret , exigens moras longi . . } ores
     Paucos memorabimus excellenti . .

171. — Occupat Gregorius (1) caput pontis
     Scilicet qua propior Job videtur (2) s
     Qui (3) cum ripe veterum soleas ascr } ibi
     Vas illius sepius hic contingit b .

172. — Tollit si de manibus ejus et incl . .
     Rorem sanctus pontifex nobis dat in
     Cumque sit permodicum vas adhuc obstr } usum
     Miro modo maximum mare fit eff . .

(1) En marge : *Gregorius magnus* ; Grégoire Ier, dit le Grand, élu pape en 590, appartenait à une famille patricienne.

(2) *Sibi* pour *illi* ; substitution perpétuelle au moyen-âge.

(3) *Qui*. Au-dessus de ce pronom, en interligne, *S. Job*. C'est *quem* que la syntaxe exigerait : « Quum soleas illum ripæ veterum (il appartient à l'Ancien-Testament) ascribere » ; on fait cependant un fréquent usage de ses pensées sur la rive où se tiennent les partisans du Nouveau-Testament , les chrétiens. C'est surtout à saint Grégoire qu'il devait cette popularité ; il n'y avait pas de livre plus répandu au moyen-âge que le *Libri moralium sive Expositio in librum beati Job*. Cette Exposition en 31 livres occupe dans le 1er volume des *OEuvres* du saint pontife (Paris, 1705, 4 vol. in-folio), 1,168 colonnes. C'est bien là le *Maximum mare* que devient, sous le souffle du moraliste, cette rosée que le texte qu'il commente renfermait dans un *vas modicum* (st. 172).

173.— Est et hic Ambrosii sedes in subl
      Viri venerabilis presulisque pr
      Moribus, eloquio, sensibus op   imi
      Ab hoc fundi fluminis explorantur

174.— Sedet et Jeronimus cathedra lev
      Monachorum (1) series stipat ejus]
      Et si non officio pontifex voc .   atus
      Dignitate particeps est pontific .

175.— Iste licet animum pluribus int . . .
      Uni se pre ceteris amplius imp . .
      Versat vas in aliud (2), mox et appreh   endit
      Ad hec et Eustochium Paulamque succ

176.— Presidet in medio pontis August
      Vir non solo nomine, sed et re div
      Nil in hoc scientie, nil virtutis m   inus
      Exploratos fluminis omnes habet s

---

(1) Saint Jérôme, né vers l'an 331 à Stridon, sur les confins de la Pannonie et de la Dalmatie, fut pendant quelque temps le secrétaire du pape Damase. Il expliqua publiquement à Rome les saintes Écritures ; au nombre de ses disciples on comptait des dames entre lesquelles la vierge Eustochium et sainte Paule, chez laquelle il habitait. Une foule d'ordres religieux s'établirent assez tard en Lombardie, en Espagne, à Pise, à Fiesole, sous le nom d'Hiéronymites, qu'ils prirent parce que leurs constitutions étaient surtout empruntées à ses écrits. Voyez Heliot, *Histoire des Ordres monastiques, religieux et militaires*, t. III et IV.

(2) En marge : *De translatione sacre scripture per Jheronimum*, c'est l'œuvre à laquelle il travaille avant tout.

177.—Hic innumerabiles **(1)** sapidi liqu . ⎞
    Plenas habet hydrias varii sap . . ⎟
    Unde non a proximis adventantes **(2)** h ⎬ oris
    Soli bibant , mittit his qui sunt longe f ⎠

178.—Hinc **(3)** effundit rudibus eruditi ⎞
    Hinc ignaris penitus dat instructi ⎟
    Hinc infirmis animis consolati . ⎬ onem
    Hinc proficientibus exhortati . . ⎠

(1) L'édition que les Bénédictins ont donnée de ses OEuvres (Paris, 1689-1700) comprend onze volumes in-folio, auxquels on en a ajouté (le P. Jésuite Jean Garnier) un douzième en 1700, et en 1842 (D.-A.-B. Caillau) un treizième.

(2) *Horis*, lis. *oris*.

(3, Les strophes suivantes, de 178 à 188 inclusivement, font allusion aux différents ouvrages de saint Augustin et à leur contenu. On pourrait croire que le poète a en vue, dans la strophe 178, v. 1, le traité *De catechizandis rudibus*, t. VI, c. 263; v. 2, le livre *De magistro*, t. Ier, c. 541 ; v. 3, les *Epistolæ consolatoriæ*, t. II, *Epist.* 111, 244, 263 ; v. 4, parmi les *Epistolæ morales*, t. II, les *Epist.* 26, 32, 112, 127, 189, 220, 243 ; —dans la strophe 179, v. 1 et 2, les *Opuscula exegetica*, t. III; v. 3 et 4, le livre *De beata vita*, t. I, c. 297 ; — dans la strophe 180, v. 1 et 2, les *Opera polemica adversus Judæos, Manichæos, Priscillianistas et Arianos*, t. VIII ; les *Opera polemica contra Donatistas*, t. IX; les *Opera polemica contra Pelagianos*, t. X; et v. 3, le *De dono perseverantiæ ad Prosperum et Hilarium*, t. X, c. 821 ; — dans la strophe 181, les *Confessiones*, t. I, c. 69 ; — dans la strophe 182, le *Sermo 86 De verbis Matth.* 19. *Vade, vende omnia quæ habes et da pauperibus*, t. V, part. I, c. 456 ; — dans la strophe 183, v. 1 et 2, le *De continentia*, t. VI, c. 297 ; et v. 3 et 4, le *De bono conjugali*, ibid., c. 297 ; — dans la strophe 187, v. 2, *Regula ad servos Dei*, t. I, c. 789, et dans l'*Appendice*, *Regulæ clericis traditæ fragmentum*, c. 39, et *Regula secunda*, c. 41 ; — dans les strophes 187, v. 3, et 188, v. 2,

179.— Hinc respondet quodlibet ad interrog
    Et absolvit quidquid est questionis(1) n
    Hinc perfectis animum meritis be
    Intima dulcedine reddit sapor . . . } atum

180. — Hinc rebelles increpat, revocat avers
    Scismate vel heresi sublevat evers
    Solidat instabiles noviter convers
    Ambulare cautius facit univers . . } os

181.— Hic exemplo vivere , scire verbo d
    Neque quibus proficit lingua , vita n
    Satagit ut ipse dux omnes post se v
    Et in via comites et in vita l . . } ocet

182.— Ad hunc turba populi confluit et cl
    Quisque suum cupiens ordinem doc
    Discit hic communia singula cens
    Discit ille propria juste possid . . } eri

183. - Discit quisquis ordinis sacri cupit
    Continere , deinceps fieri , nec . .
    Discit uti laicus copula conc . .
    Conjugis et femine bene vir pre } esse

184.— Hec est strata publica Dei mandat
    Hec communis omnium via salvand
    Sed predicta strictior est consili
    Semita conveniens vite perfect . } orum

le *De opere monachorum* , t. VI, c. 475. — A la strophe 178, le
poëte ou plutôt le copiste a omis le *m* final des quatre mots qui la
terminent ; cette lettre , à cette place , se prononçait à peine, comme
on sait ; nous avons dû la rétablir.

(1) M. Léopold Delisle a lu ici comme moi *questionis* ; je traduirais
donc ainsi ce vers : « Il résout toutes les questions qui s'élèvent. »

185. — Quidam stratam publicam pergere cont
    Adherere metuunt semitam perg . .
    Et ad cujus ambulant viam docum
    Ad exempla nequeunt ambulare 1 .
       } enti

186. — At exemplis alii grandibus acc
    Semitam preambuli pergunt inoff
    Nec excedunt regulam tramitis ost
    Patris ad vestigia filii susp . .
       } ensi

187. — Hii sunt quos canonicos vocant regul
    Docti sacre regule vias salut . . .
    Vita , votis , habitu , victu , gestu p
    Omnia communia , nulli propri (1).
       } ares

188. — Et nunc ad officium vacant cleric
    Nunc ad exercitium pergunt (2) manu
    Nunc ad patris pocula recurrentes qu
    Cuique placet , aliquid bibunt spirit
       } ale

189. — In hunc locum Spiritus qui me circumd
    Velut electissimum denique perd .
    In hoc michi gratia plenius ill . .
    Et de vena pocula meliore (3) fl . . .
       } uxit

(1) Les deux syllabes *ares* qui terminent les quatre vers de cette stance doivent être ainsi séparées *ar es* (*propria res*) pour le quatrième.

(2) Sur les travaux manuels des moines, voyez ma *Biographie de saint Anselme,* 2e partie, III, et les notes 37 et 38 qui complètent le texte.

(3) *Fluxit* est pris ici activement : *faire couler ;* on trouve ce verbe employé avec cette valeur chez quelques écrivains, peu autorisés d'ailleurs, tels qu'Arnobe, Columelle, Fortunat. — Dans la lettre II de la correspondance publiée par D. Martène (*Thesaurus novus Anecdotorum,* t. I, col. 495, C.), je remarque ce même verbe avec la même signification active : « Suscepimus et legimus litteras vestras, quæ pro verbis *lacrymas fluebant.* »

190. — Hujus elegantia , fateor, mag .
Assessorum probitas, habiles min
Quorum nichil pretulit species sin
Sui me devinciunt laqueo cap .

    } istri

191. — Ipsa rerum facie cogor assid . .
Et magistri pedibus pronus adher
Ore cujus talia michi sonu . .
Que me mihi raperent, imo reddid

    } ere

192. — Raptus enim primitus et alien.
Et quos circum veneram rivis debri
Reddor michi , temeto novo recre
Et antiquus incipit reparari st .

    } atus

193. — Influuntur ethice primi michi p
Eliduntur animo pueriles m . .
Sed et foris habitu corporeque l
Alteror (1) mirabili novitate t .

    } otus

194. — Lingua dudum perstrepens et irrequi
Hujus efficacia potus fit qui . . .
Roboratur anima viribus eff . . .
Vagum corpus hactenus figitur ut m

    } eta

195. — His devote bibitis et suffici . .
Quamvis digna rebibi sint indesin
Estuat ad alia mentis mee v (2)
Et admissus bibere cepi rever

    } enter

(1) *Alteror. Alterare, rendre autre;* au passif, *devenir autre, être transformé.* Je trouve ce verbe avec ce sens dans deux pièces publiées par M. Éd. Du Méril (*Poésies populaires latines antérieures au XIIe siécle*, p. 419 et 425).

(2) *Le ventre de ma pensée, de mon esprit ,* est une expression bien osée et d'un goût plus que douteux.

196. — Tunc divini nectaris pregustavi ve . . ⎫
      Sed gustata maximam sitis auxit pe . ⎪
      Quoniam, me miserum ! non hic bibo ple ⎬ nam
      Ultimam saturitas ejus manet ce . . . ⎭

197. — Unus hic pre ceteris haustus est div ⎫
      Usu quidem notior , intellectu m . . ⎪
      Quem nec totus caperet mentis mee s ⎬ inus
      Scilicet quod unus est Deus atque (1) tr ⎭

198. — Hunc infusum patulo gutturis hy ⎫ .
      Transglutire maximo studui con ⎪
      Sed hoc nullo ratio quivit appar ⎬ atu
      Donec fides affluit suo famul . . ⎭

199. — Item sapientiam patris esse n . . ⎫
      Quod ignorat ratio (2) fides fecit r ⎪
      Nichil tamen generans scit pergener ⎬ atum
      Ne sic esse per eum falso sit ill ⎭

(1) En marge : *Nota fide potius quam ratione deprehendi Deum
esse trinum et unum.* Plus d'un docteur du moyen-âge a pensé autrement, Abélard entr'autres : Voyez son *Epitome theologiæ christianæ*,
édit. Fred. Henr. Rheinwald , Berlin , 1835, p. 35. Le chapitre, où
cette assertion, à savoir que nous pouvons acquérir par la raison
seule la notion d'un Dieu triple et un , est intitulé : *Qualiter philo-
sophi unum ac trinum esse Deum cognoverunt.*

(2) En marge : *Nota difficilem in theologia transitum scilicet quod
cum idem sit Deo sapere quod esse, idem diligere quod esse, ideo negatur sapere Filio , ne dicatur esse Filio , nec ideo tamen negatur
diligere Spiritum , ne cogatur dici esse Spiritum, cum utrumque
pari ratione videatur affirmandum vel negandum.* — Sur cette question théologique, voyez saint Anselme, *De processione Spiritus,* et
Abélard, *Epitome theologiæ christianæ,* c. 17 — Cette distinction de

200. — At e contra spiritus amor est amb
Hoc uterque diligit alterum du . .
Attamen per spiritum neuter est e } orum
Quamvis est essentia quod est amor h

201. — His difficultalibus aliisque fr . .
Cogitare modulum meum sum co
Et ad mediocria studia red . . } actus
Ne divinus bestiam lapidaret t .

202. — Ad humana potius interim me v
Ubi posset aliquid apprehendi c
Quamvis et hic sepius errent inexp } erti
Si non sibi caveant studio soll

203. — Hic humane didici constituti . . . .
Modum , lapsum , gratiam restaurati
Quibus homo factus est ad fruendum b } onis
Uti quibus interim posset Dei d . .

204. — Sed ob culpam perditis bonis Parad
Invidentis fraudibus hostis et inv .
Semper exul patria caruisset , n . } isi
Misereri Deitas vellet sic el . . .

la raison et de la foi est bien constatée encore un peu plus loin, au folio 18 verso de notre ms., à propos du mystère de l'Eucharistie ;

Sacrum panem frangimus vera fractione.

Quid hic rursus ordinem naturalem qu
Credere simpliciter talia ten. . . . . . . } eris.
Anxie discutere noli que doc. . . . . . .
Crede pie potius et edoctus. . . . . . .

205. — Hujus ego gratie modum mox ut n
    Multa mecum disputans totum me comm
    Stupefactus operis qualitate n . . . . .   }ovi
    Pastor neci devovet se misertus . . .

206. — Quam dum non admitteret in se forma D
    Res stupenda ! fit homo (1), par in pena m
    Obicit periculis innocentem r . . . . .   }ei
    Perdite restituit desperatum sp . . . .

207. — Quis audivit amplius simile quid
    Perit factor pereat ne factoris f
    Perit et imperium perditoris fr .   }actum
    Perditori perditum pereunti n .

208. — Voluit hoc Deitas in humanit .
    Potuit humanitas hoc in Deit . .
    Nec decebat aliter vel in volunt   }ate
    Dei , vel in hominis esse potest

209. — Multa (2) de hoc homine Dei sive D
    Imbibens recondidi pectore sub m
    Que ne male lateant si qua via qu   }eo
    Credituris omnibus editurus . .

(1) En marge : *Cur Deus homo*. Voyez, dans ma *Biographie de saint Anselme*, sur le livre qui porte ce titre, 2ᵉ partie, F., 4°, et les notes 116 et 117 y relatives.

(2) Une de ces réflexions était sans doute celle qui au folio 25 verso, dans la seconde partie du poème, dont le mètre n'est plus celui de la première, est ainsi formulée :

    Nec tantum caput est a quo, sed terminus in quem
      Omnia concurrunt , Alpha vocatur et ω).

P.-S. Nous avons annoncé, dans notre Introduction , que nous donnerions, en terminant ,
l'épitaphe de Godefroi, qui se lit sur le folio I, r°,
de notre manuscrit ; la voici très-exactement re-
produite :

GLEBA SOPORATI JACET HIC ANIME GODEFRIDI
   ORDINE QUI PROPRIO RESTITUETUR EI
DONARI REQUIEM , PIE LECTOR CARMINIS HUJUS ,
   EJECTE ROGITA DUM CINERATUR EA
FORTIUS HOC ORA QUO POSTQUAM VENERIT HORA
   RESTITUENDORUM GLORIFICETUR EA
INTER EOS QUORUM SUNT CORPORA GLORIFICANDA
   DIC ORANS : CARO SIT GLORIFICATA TUA
UTRAQUE FELICI SIC SIC INSINT SINE NEXU
   SICUT PRINCIPIIS HIS GODEFRIDUS INEST.
A   M   E   N.

Nous la traduirions ainsi : *Ci gît le corps qui
était attaché à l'âme de Godefroi endormi , et
qui lui sera rendu à son heure. Lecteur pieux
de ce poème, prie Dieu que cette âme expulsée de
ce corps vive en paix tant que ce corps ne sera
que cendre. Que ta prière demande surtout pour
ce corps qu'il soit glorifié, lorsque sera venue
l'heure où les âmes reprendront possession de
leurs enveloppes matérielles. Dis en priant:
Que parmi ceux dont les corps seront glorifiés,*

ta chair aussi soit glorifiée ! Que ton âme et ta chair soient enchaînées par un heureux lien, comme le nom de Godefroi est attaché à ces vers par les lettres qui les commencent !

Dans le commentaire qui accompagne cette épitaphe je remarque les passages suivants : « Hoc epigrammate admonetur lector hujus libri non superficie tenus aut negligenter hunc librum legere , sed adjungere velut anima [m] corpori spiritum littere et gloriosus erit tum (l. tam) lector quam autor. » A cette observation générale sont jointes quelques réflexions particulières dont je transcris celles qui me paraissent offrir un certain intérêt. — La glèbe, le corps et l'âme de l'auteur signifient la lettre et l'esprit du livre : « Gleba et anima Godefridi, littera et spiritus hujus libri. » — « Nomen Godefridi, sicut apparet, principiis horum versuum inestin separabiliter , ita scilicet ut si subtrahas nomen, ipsos versus destruas. »

Caen, typ. F. Le Blanc-Hardel.

OUVRAGES PRINCIPAUX DU MÊME AUTEUR.

ESSAI SUR LES BASES ET LES DÉVELOPPEMENTS DE LA MORALITÉ. - Paris, Paul Renouard, 1834, in-8° ; 7 fr. 50 c.

LEÇONS DE PHILOSOPHIE SOCIALE. — Caen, Pagny, 1838, in-8° ; 7 fr. 50 c.

LEÇONS DE LOGIQUE. — Caen, Pagny, 1840, in-8° ; 7 fr. 50 c.

ESSAI SUR LA PHILOSOPHIE ORIENTALE, Leçons publiées par M. Menant. — Caen, Pagny, 1842, in-8° ; 7 fr. 50 c.

POLÉMIQUE SUR LA TRADUCTION entre M. MAILLET-LACOSTE et M. CHARMA. — Caen, Lesaulnier, 1843, brochure in-8° ; 1 fr. 50 c.

LE PÈRE ANDRÉ, JÉSUITE, Documents inédits pour servir à l'histoire philosophique, religieuse et littéraire du XVIII° siècle, publiés pour la première fois et annotés par MM. A. CHARMA et G. MANCEL. — Caen, Lesaulnier, 1844, et Hardel, 1857, 2 vol. in-8° ; 10 fr. — Le premier volume contient 17 lettres inédites de Malebranche ; le second, 16 lettres également inédites de Fontenelle.

BIOGRAPHIE DE FONTENELLE, 2° édition. — Caen, Hardel, 1846, brochure in-8° ; 1 fr.

ESSAI SUR LE LANGAGE, 2° édition. — Caen, Pagny, 1848, in-8° ; 5 fr.

SUR UN BILLET D'INDULGENCES DÉLIVRÉ AU XIII° SIÈCLE PAR L'ABBAYE D'ARDENNES A SES BIENFAITEURS. — Caen, Hardel, 1850, brochure in-8° ; 1 fr. 50 c.

DU SOMMEIL. — Caen, 1841, brochure in-8° ; 1 fr. 50 c. — Cet opuscule a été traduit en portugais par MM. Ovidio de Gama Lobo et Francisco Leopoldino de Gusmao Lobo.

NOTICE SUR UN MS. DE LA BIBLIOTHÈQUE DE FALAISE. — Caen, Hardel, 1851, brochure in-8° ; 1 fr. 50 c.

SUR LES FOUILLES EXÉCUTÉES AU CATILLON. — Caen, Hardel, 1852, brochure in-8° ; 1 fr. 50 c.

SUR LES FOUILLES DE VIEUX. Caen, Delos, 1853, brochure in-8° ; 1 fr.

SUR LES FOUILLES PRATIQUÉES A JORT PENDANT LES ANNÉES 1852-1853. — Caen, Hardel, 1854, brochure in-8° ; 2 fr.

RAPPORT SUR LES FOUILLES PRATIQUÉES A VIEUX, PENDANT LES ANNÉES 1852-53-54. — Caen, Hardel, 1855, brochure in-8° ; 2 fr.

SUR L'ÉTABLISSEMENT D'UNE LANGUE UNIVERSELLE. — Caen, Pagny, 1856, brochure in-8° ; 1 fr. 50 c.

LES PHILOSOPHES NORMANDS. — Caen, Hardel, 1856, t. I (Lanfranc et saint Anselme), tiré à 25 exemplaires, in-8°.

RÉSUMÉ D'UN COURS D'ESTHÉTIQUE. — Caen, Buhour, 1858, brochure in-8° ; 1 fr. 50 c.

UNE NOUVELLE CLASSIFICATION DES SCIENCES. — Caen, Hardel, 1859, brochure in-8° ; 1 fr. 50 c.

CONDORCET, SA VIE ET SES ŒUVRES. — Caen, Hardel, 1863, broch. in-8°.

COURS DE PHILOSOPHIE. Réponses aux questions contenues dans le programme officiel, 2° édition. — Caen, Le Blanc-Hardel, 1868, br. in-18 ; 3 fr. 50 c.